ESTE CUADERNO PERTENECE A:

....

EJ
editorial juventud
Barcelona

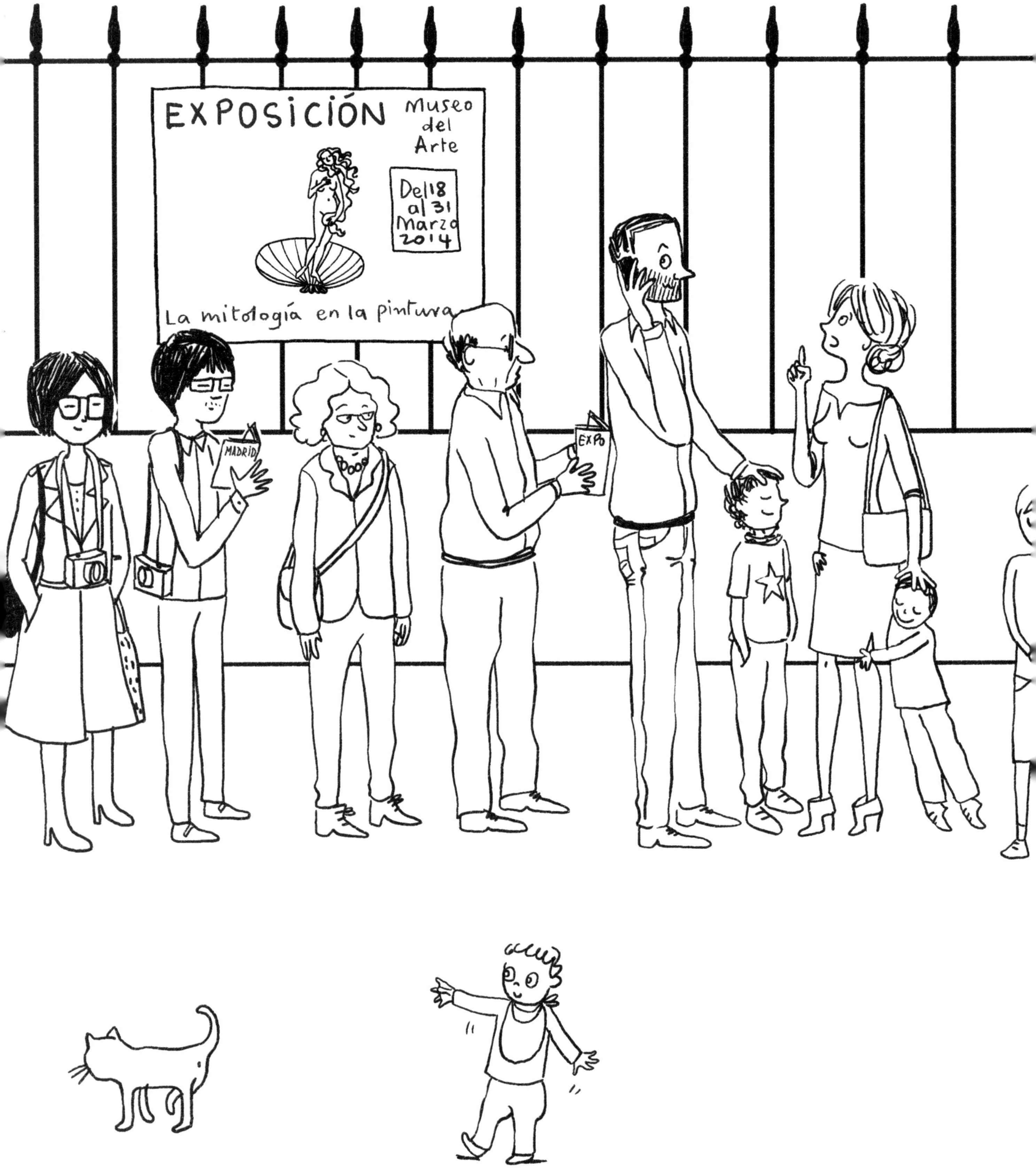

Hay mucha gente haciendo cola para visitar el muse

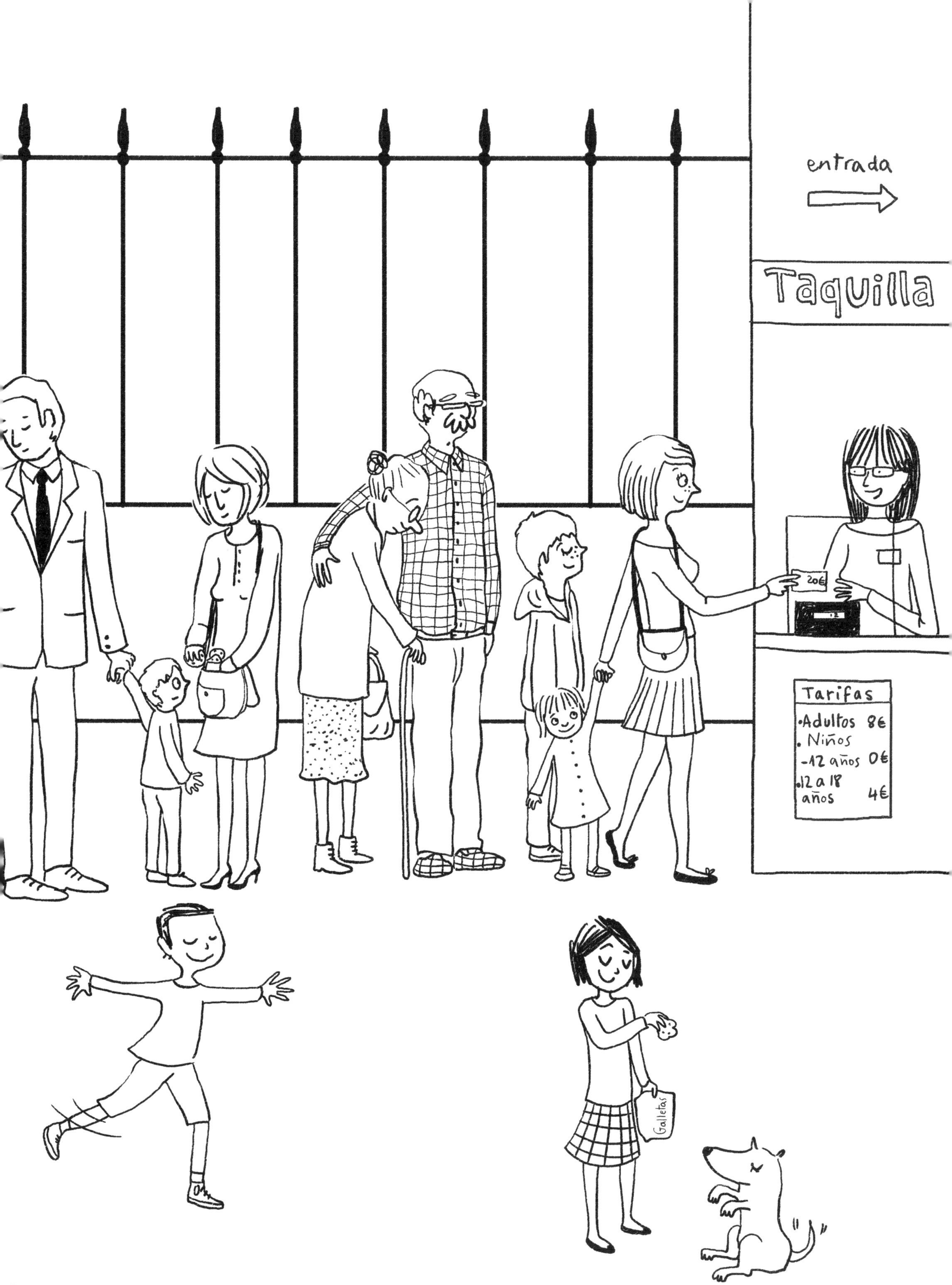

olorea la escena.

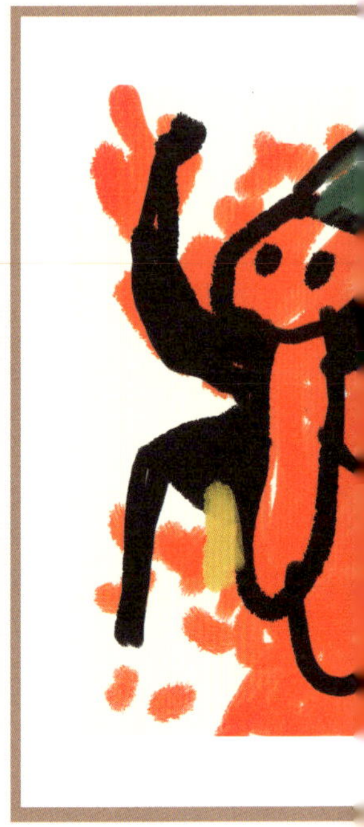

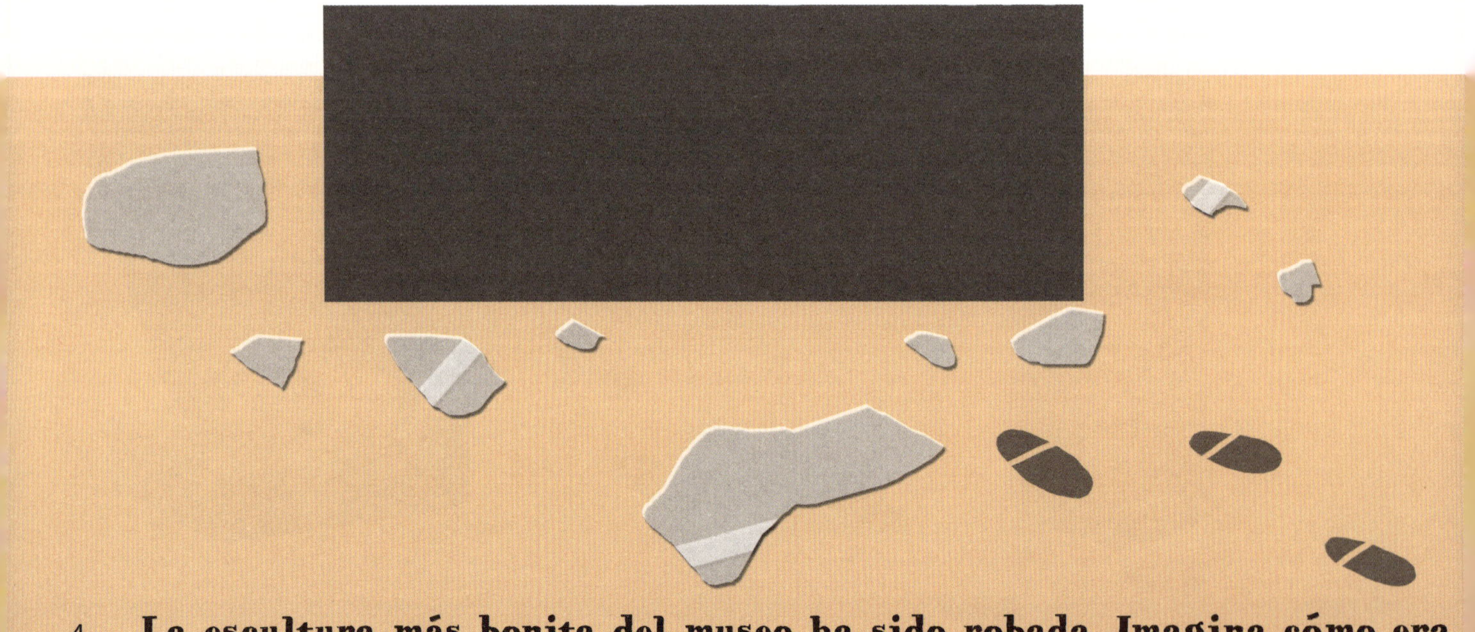

La escultura más bonita del museo ha sido robada. Imagina cómo era.

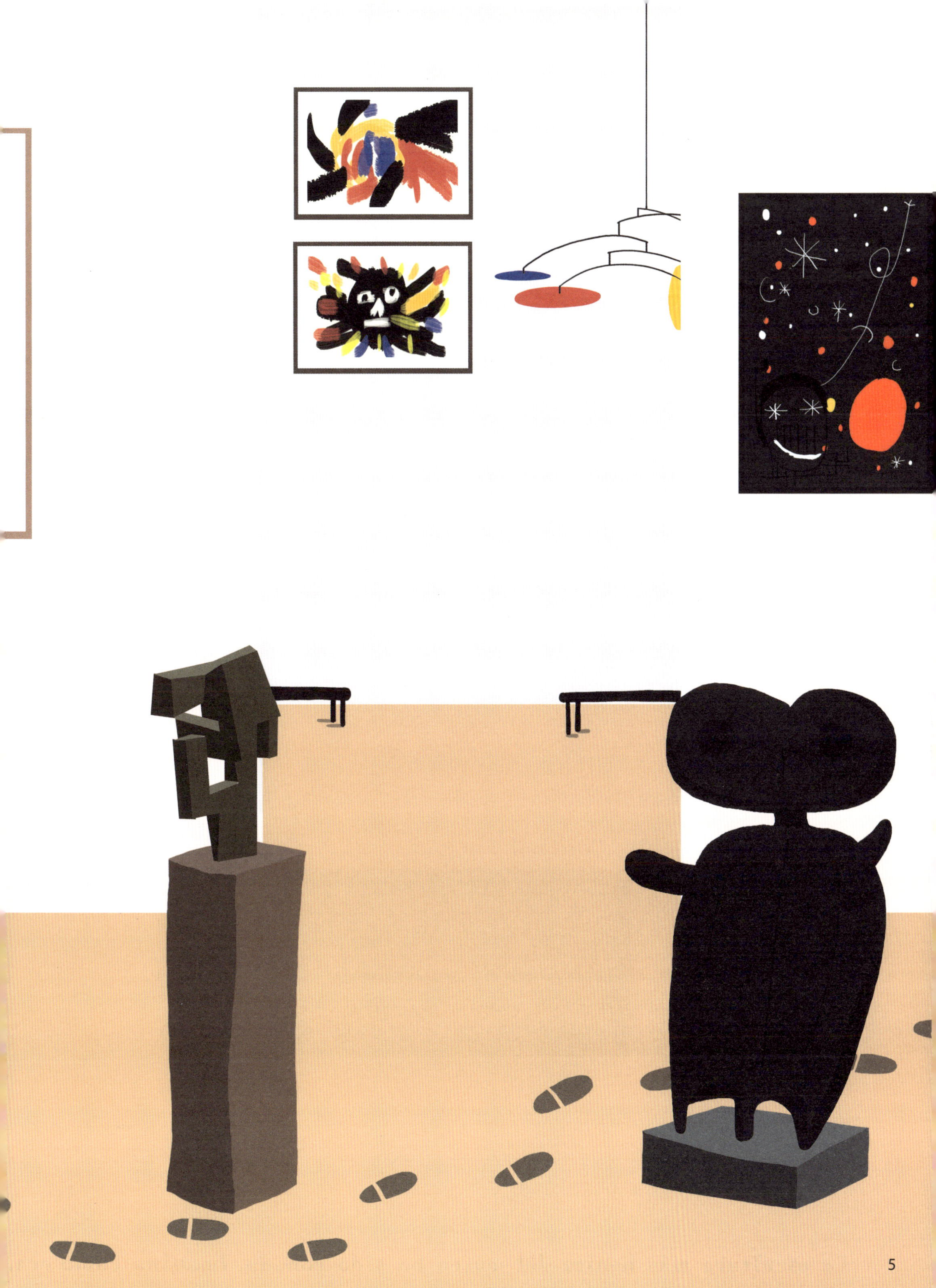

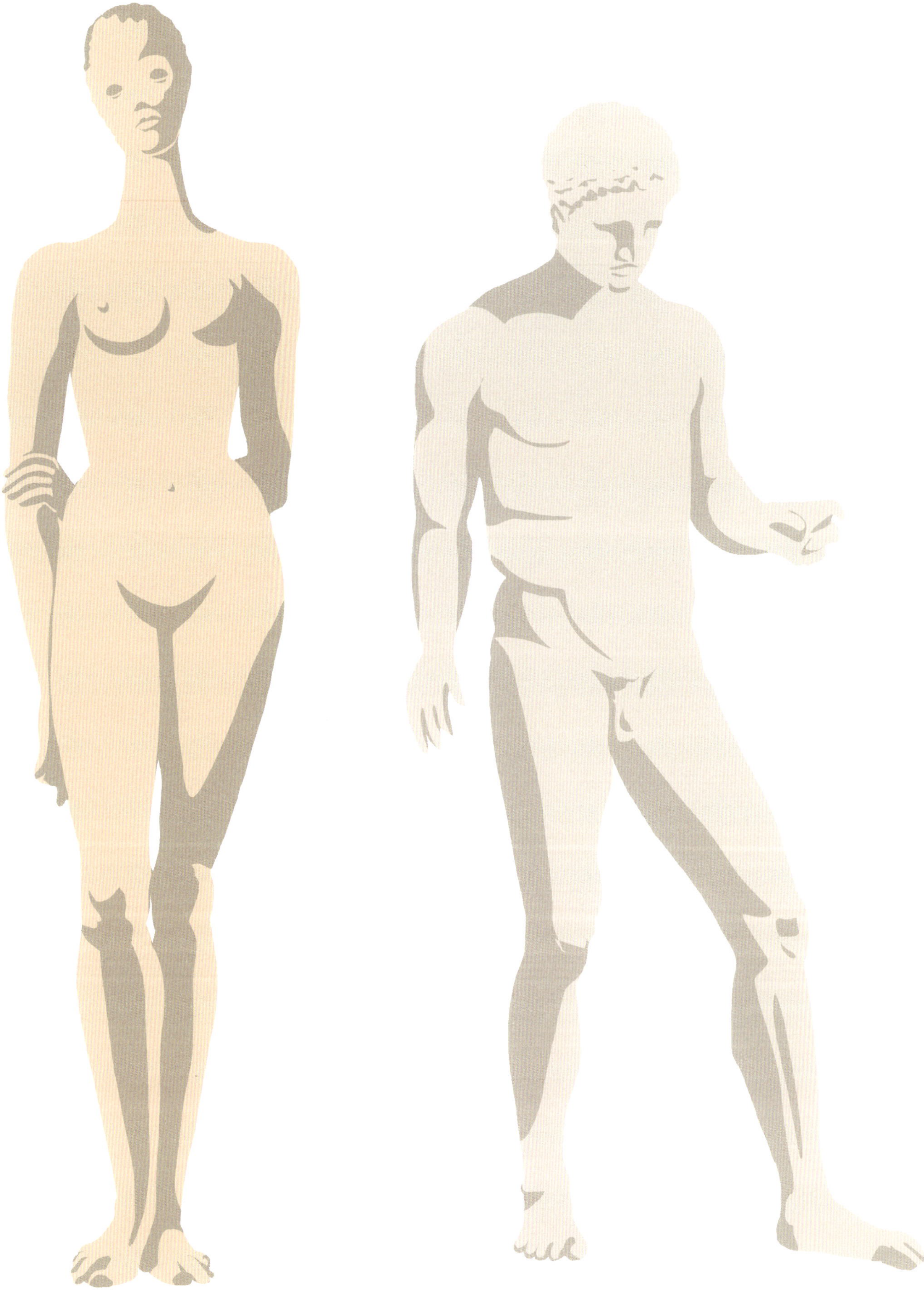

Estas estatuas están desnuda

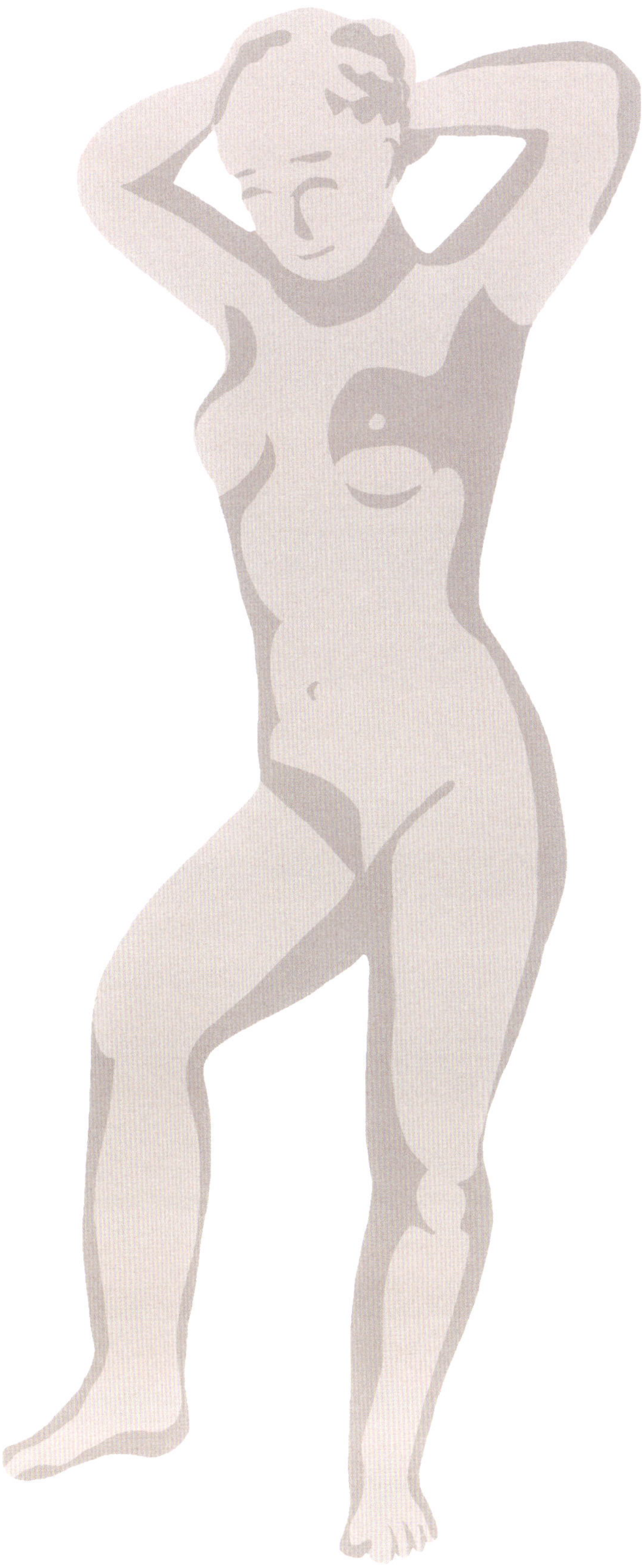

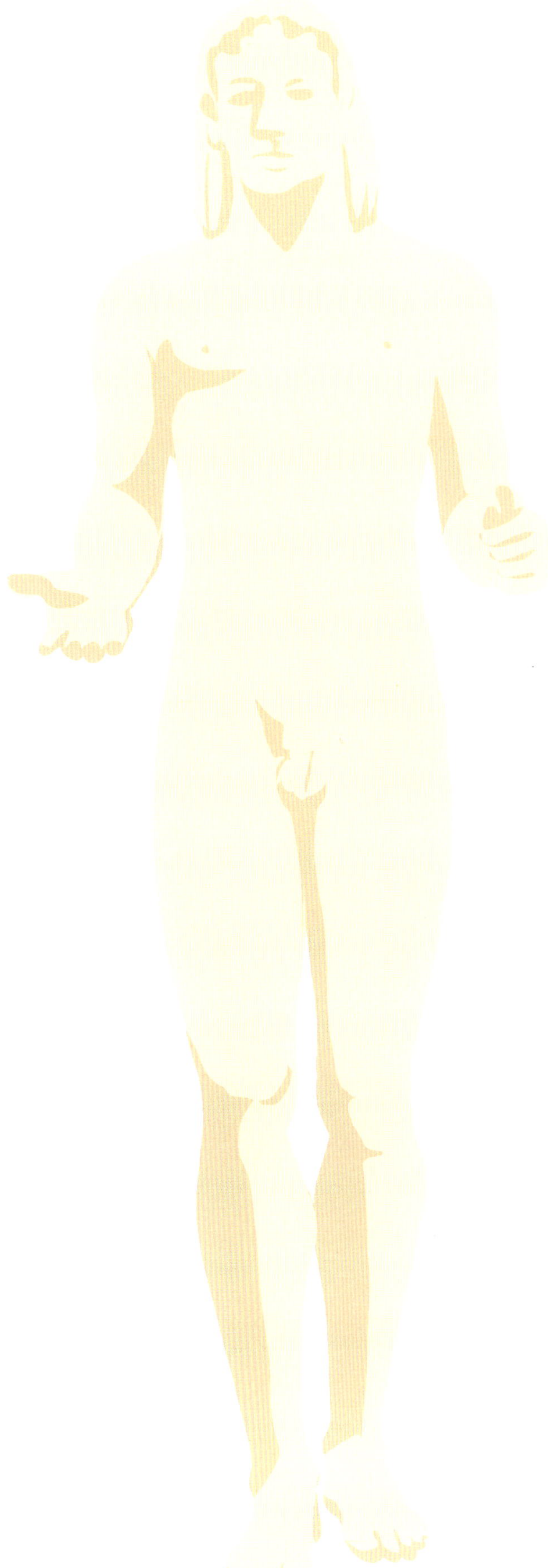

Inventa la ropa que podrían llevar.

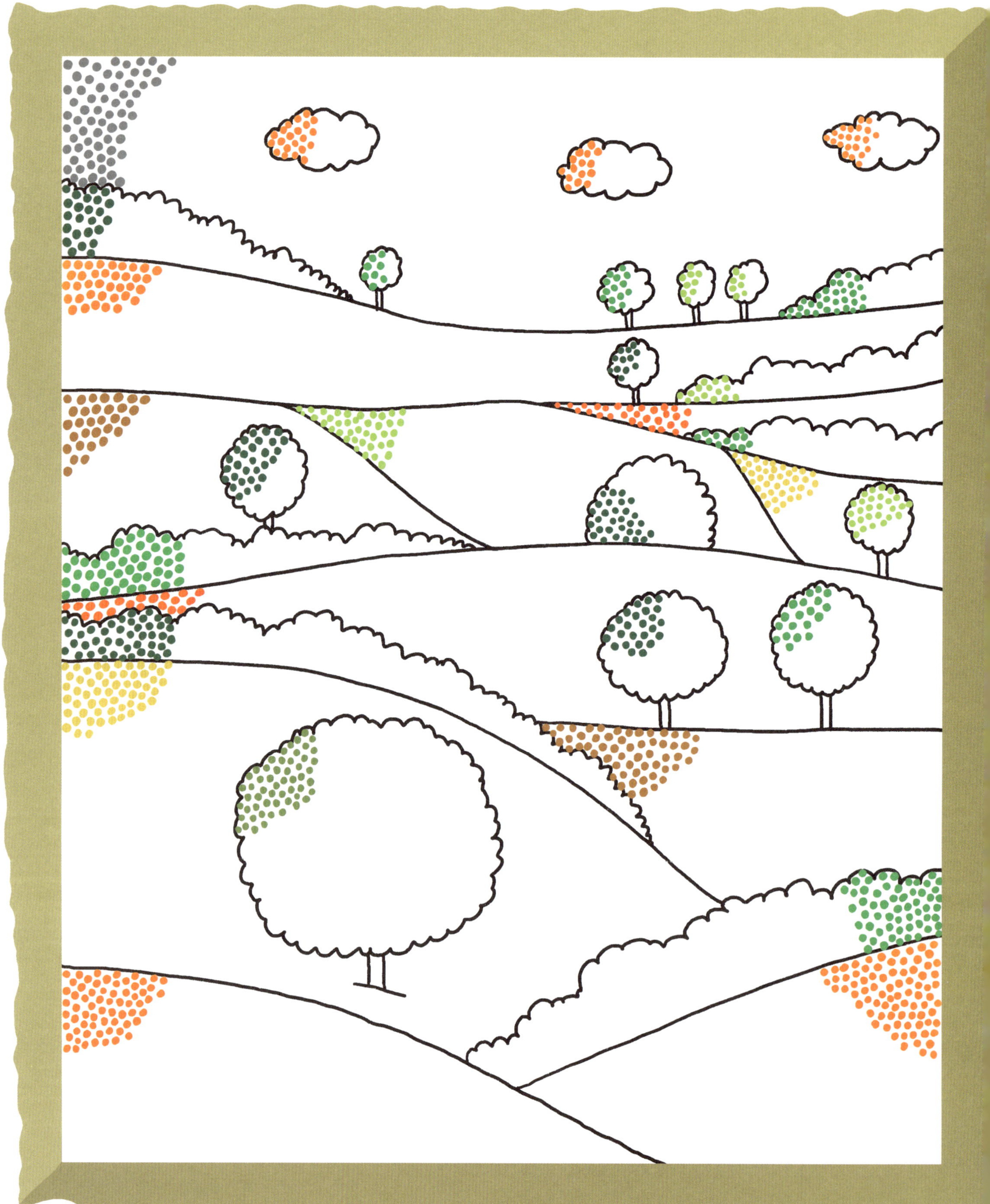

Colorea el paisaje de la izquierda con punto

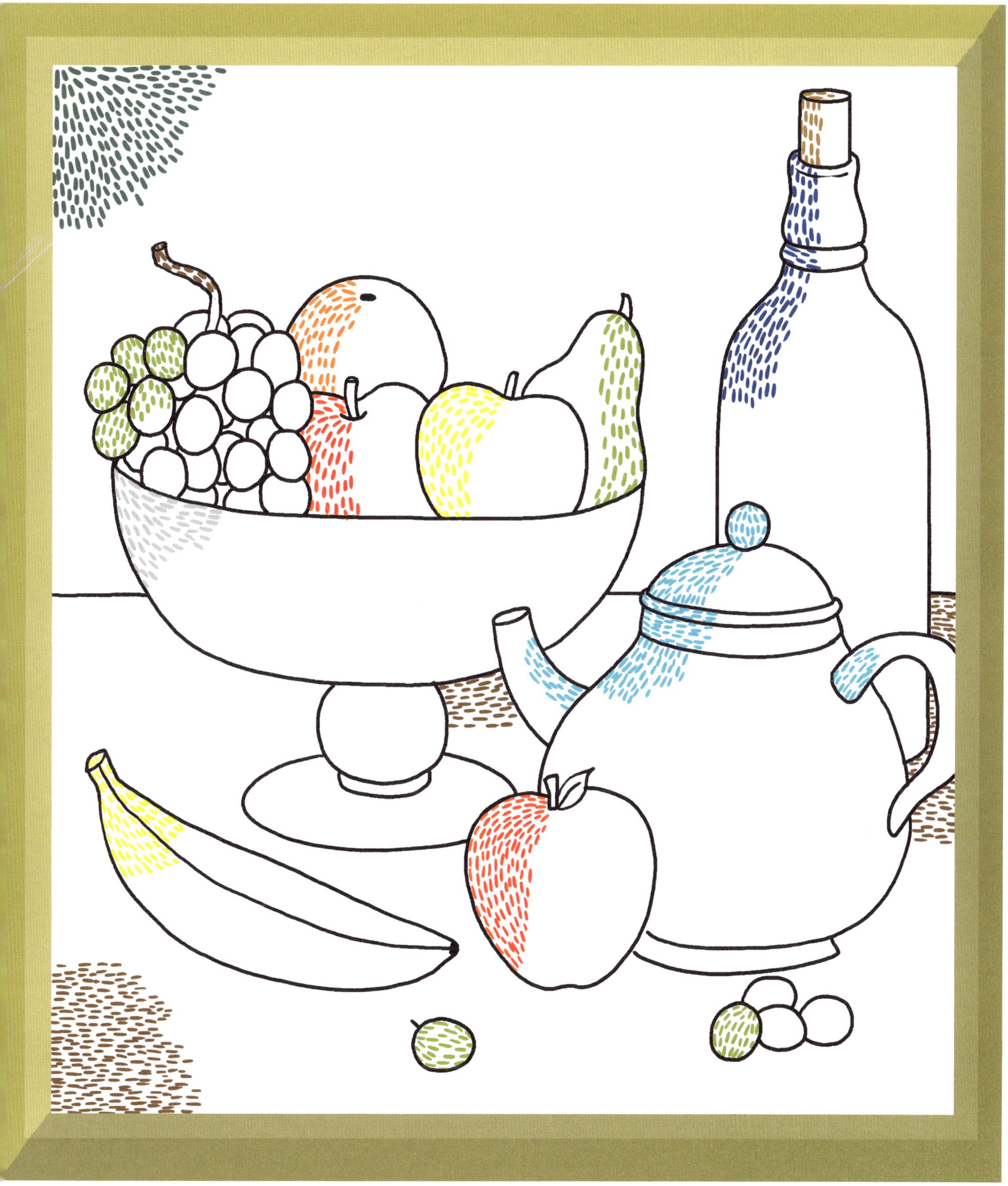

la naturaleza muerta de la derecha con rayitas.

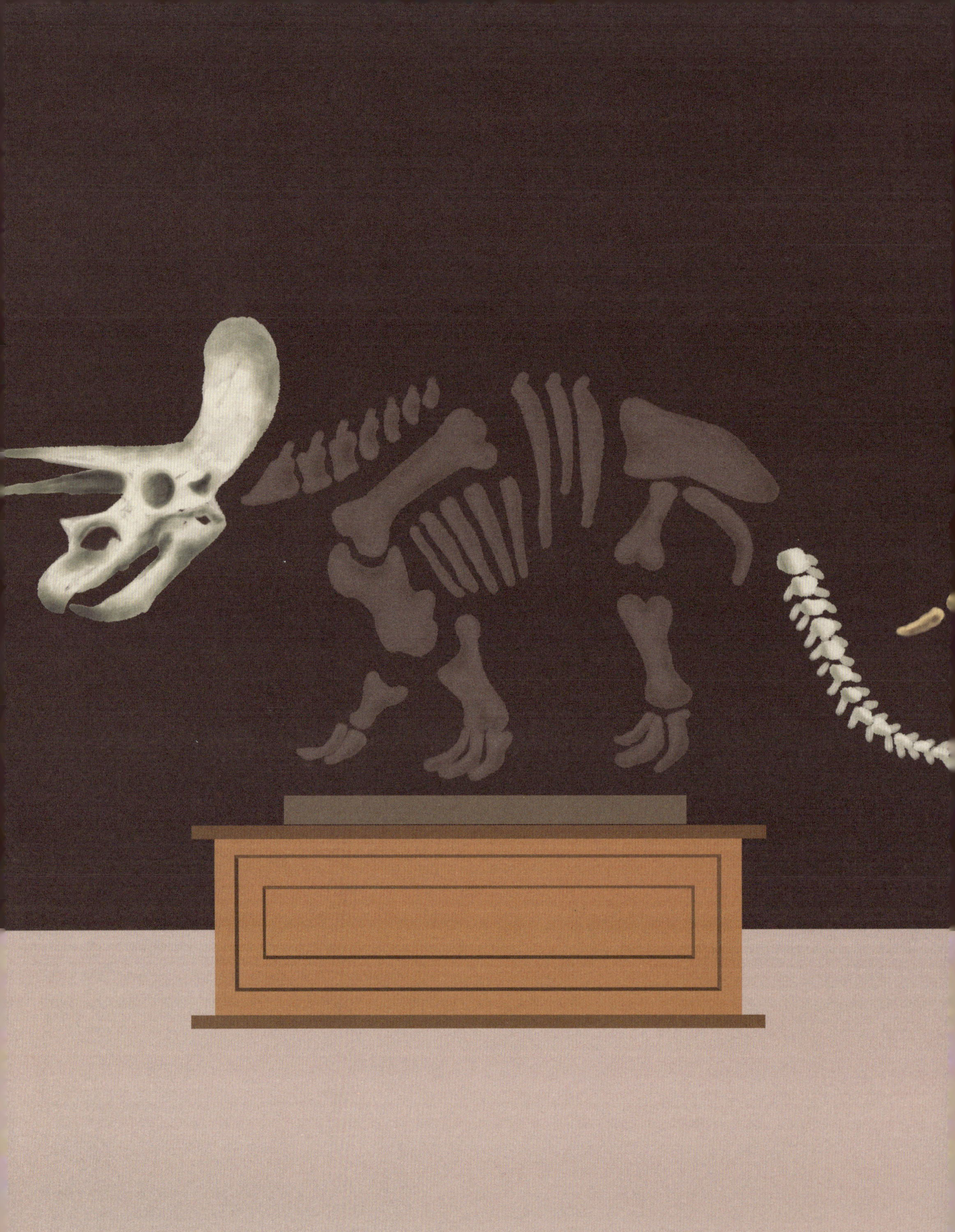

Completa los esqueletos de estos dinosaurios d

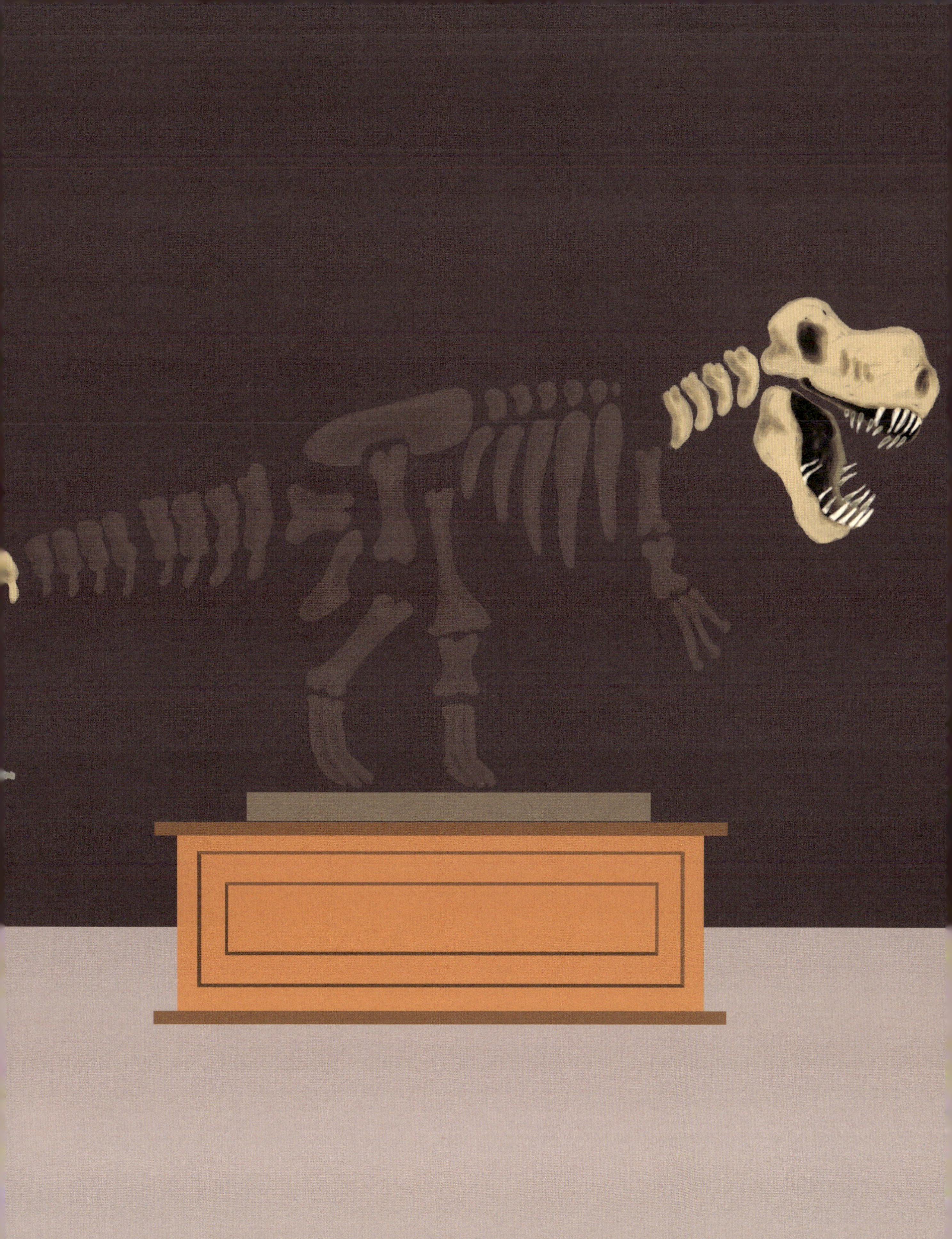

useo de Historia Natural con las pegatinas.

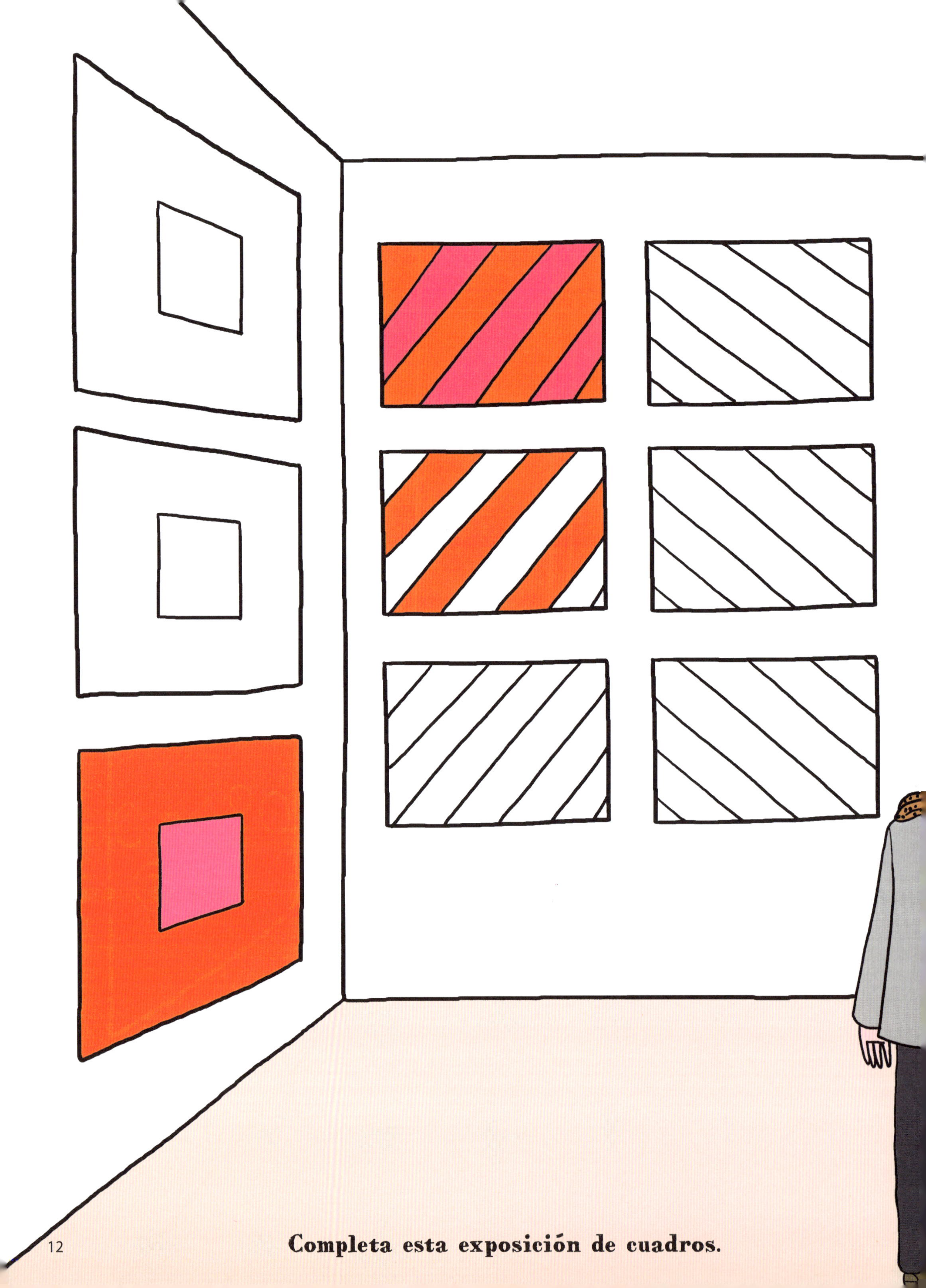

Completa esta exposición de cuadros.

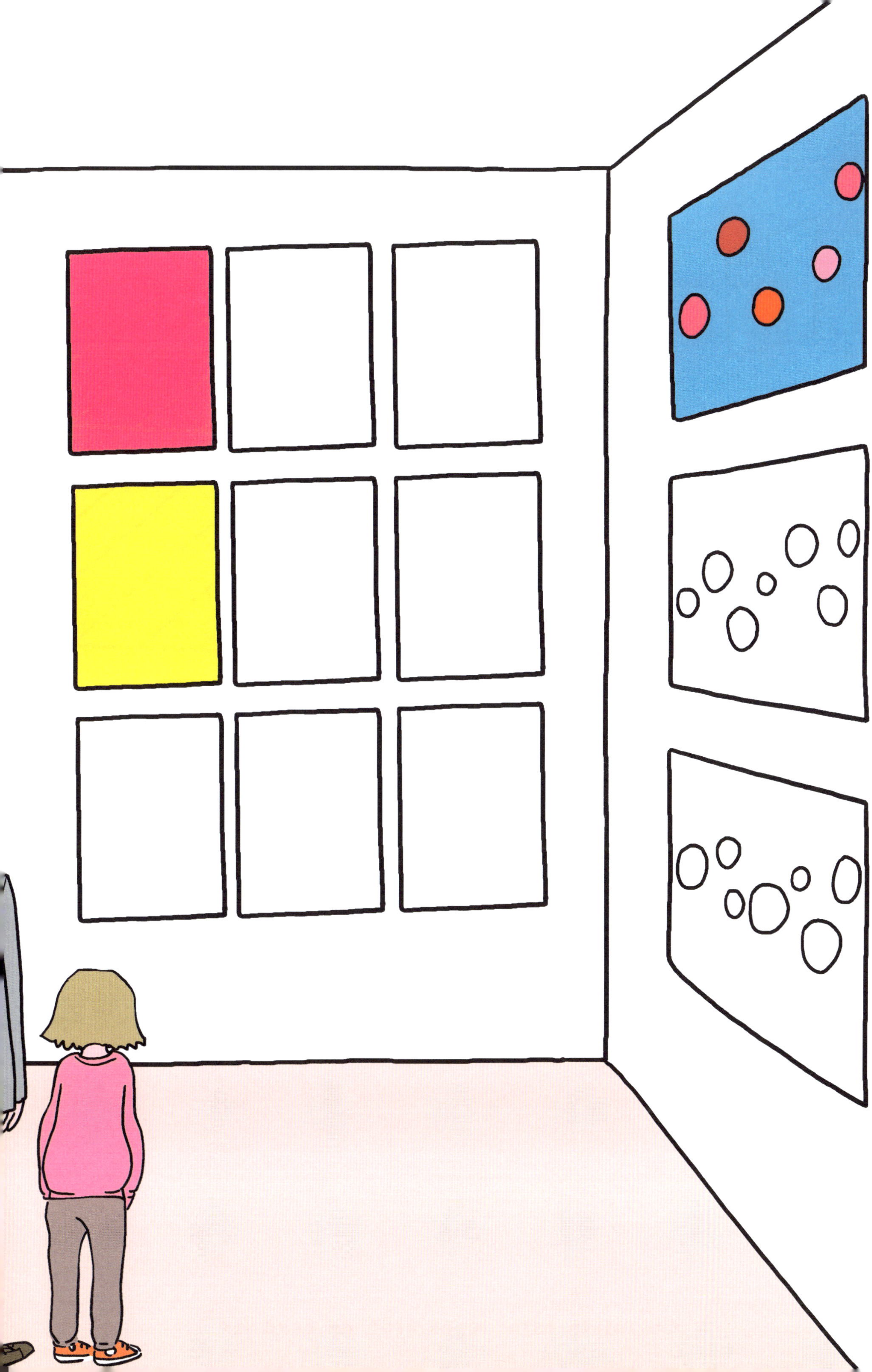

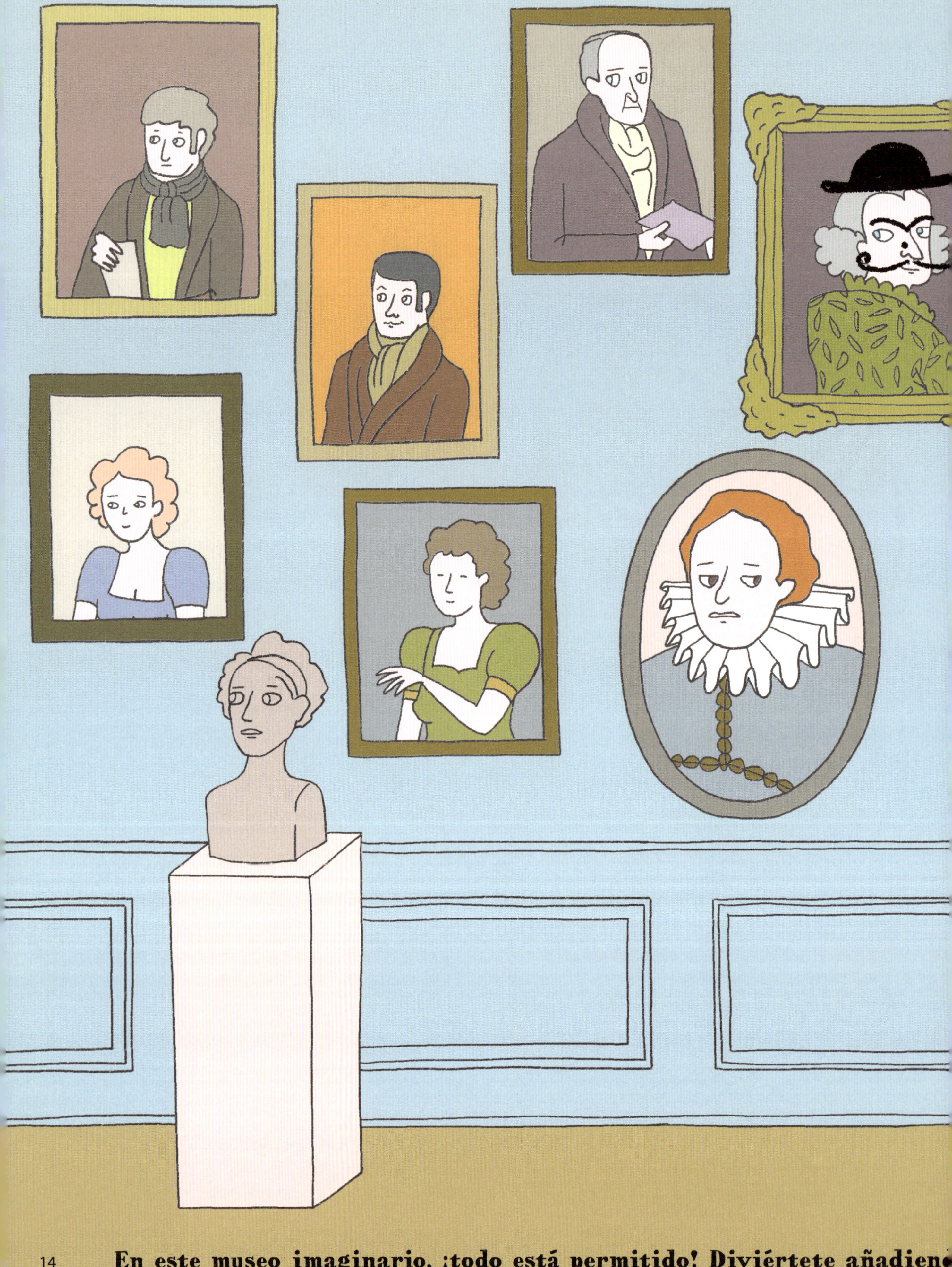

En este museo imaginario, ¡todo está permitido! Diviértete añadien

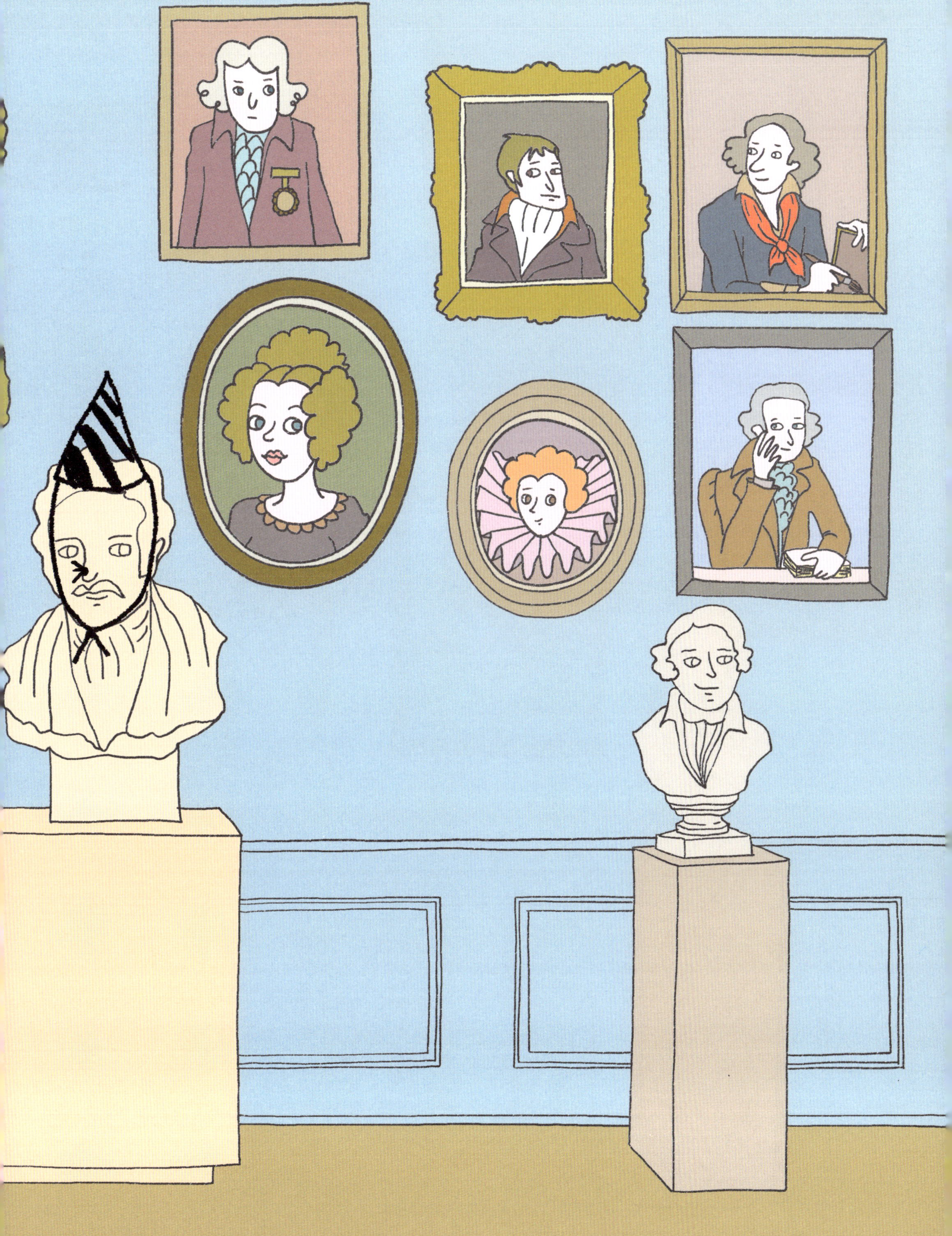

igotes, pelucas u otros accesorios a todos los retratos.

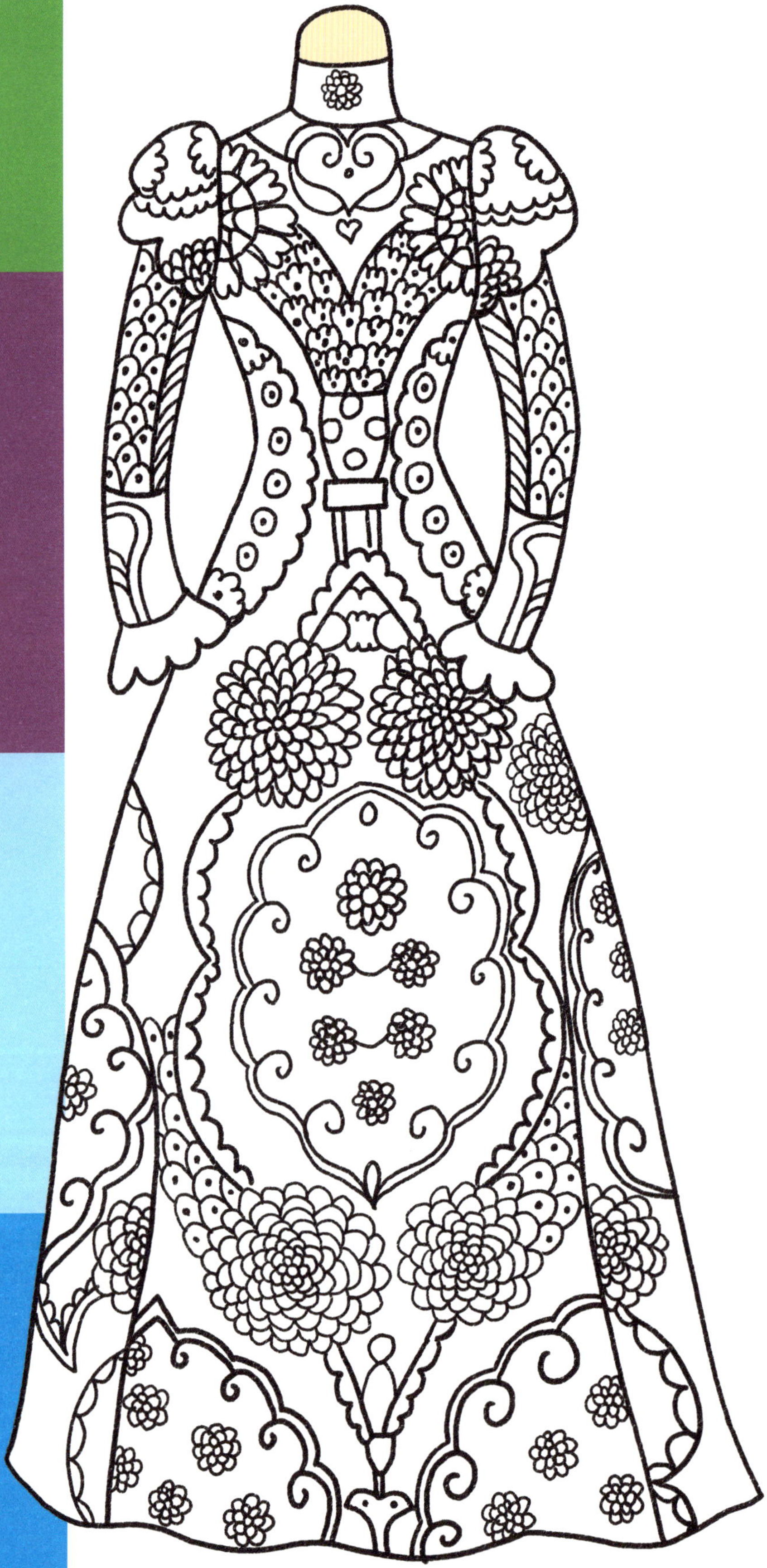

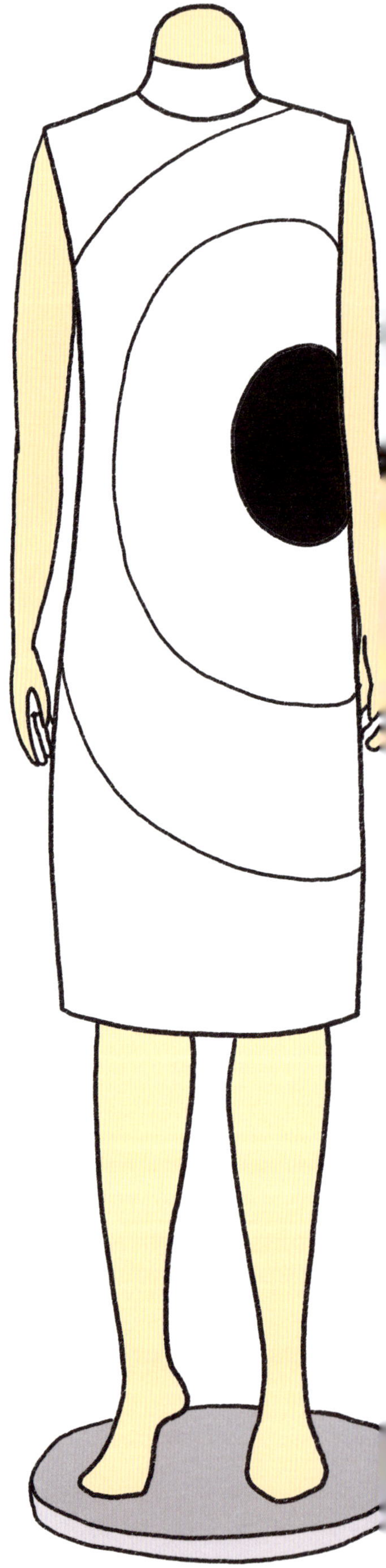

Colorea los vestidos del Museo de la Mod

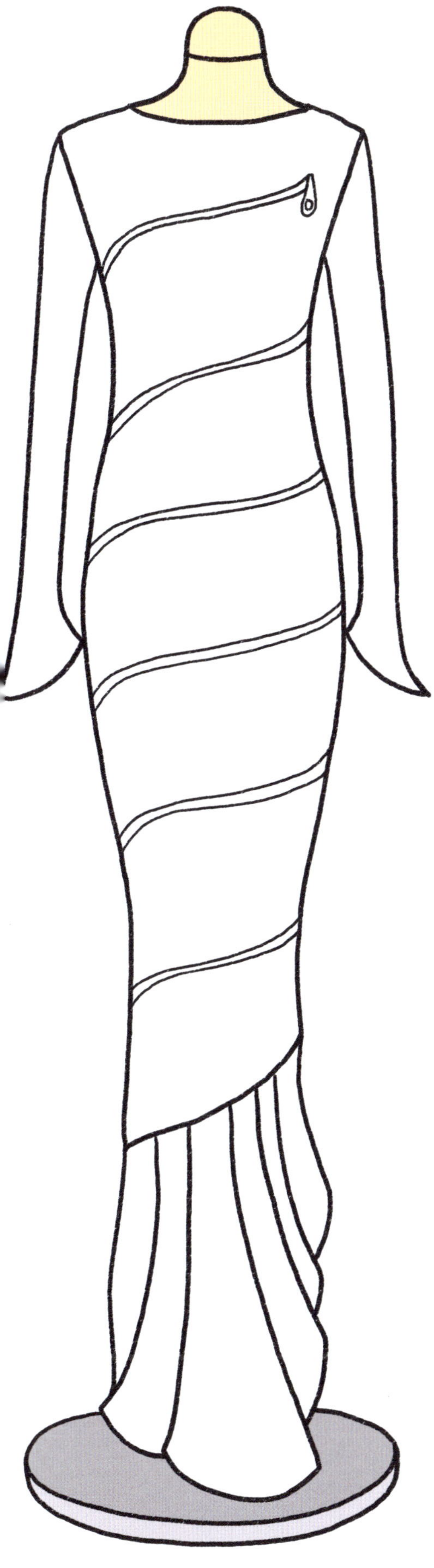

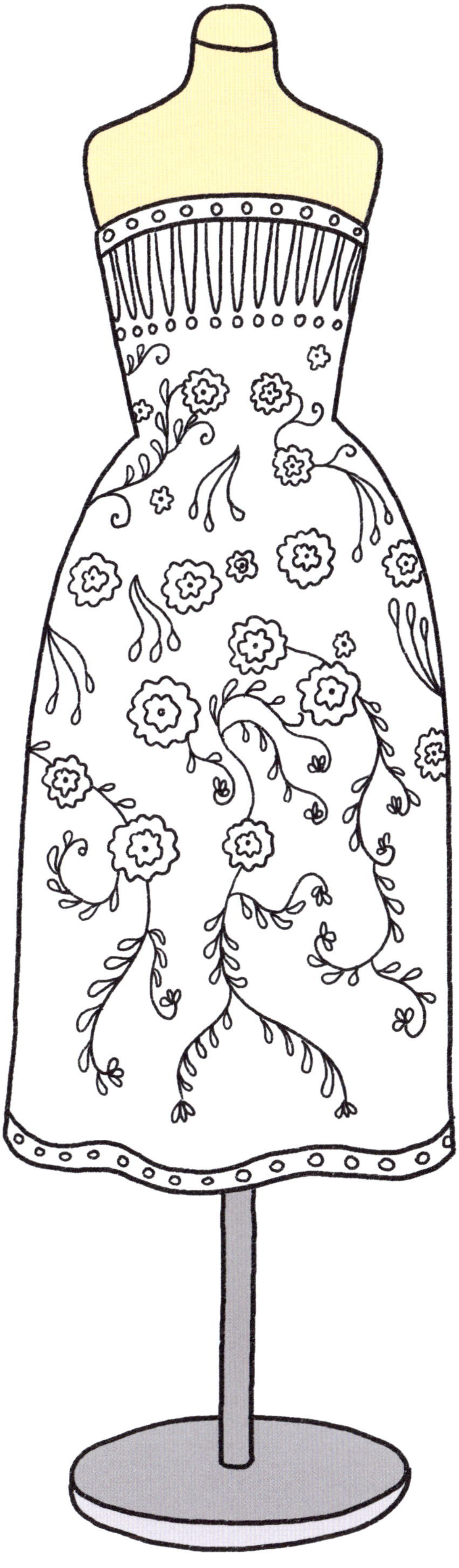

spirándote en la gama de colores.

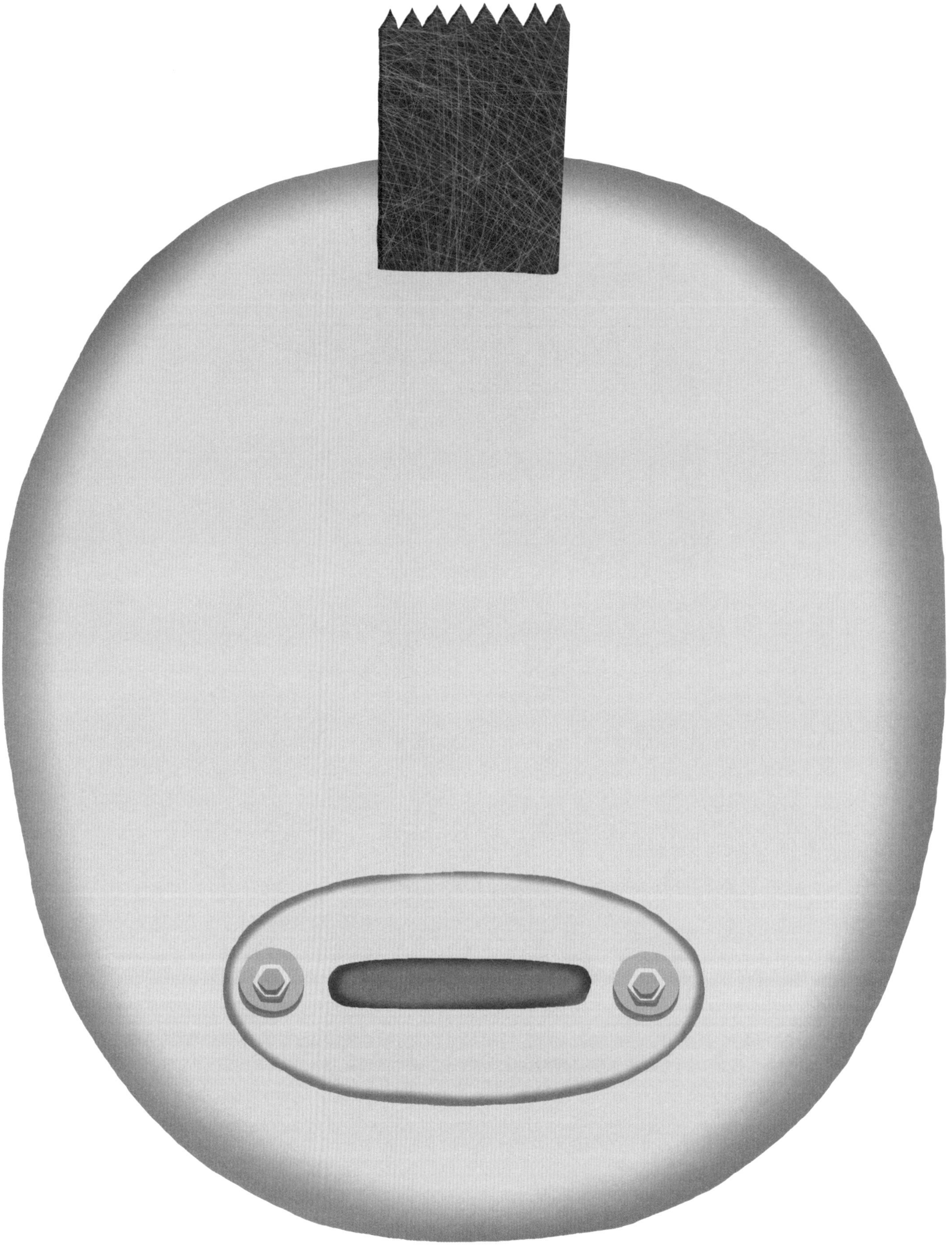

Completa estos retratos con las pegatinas que

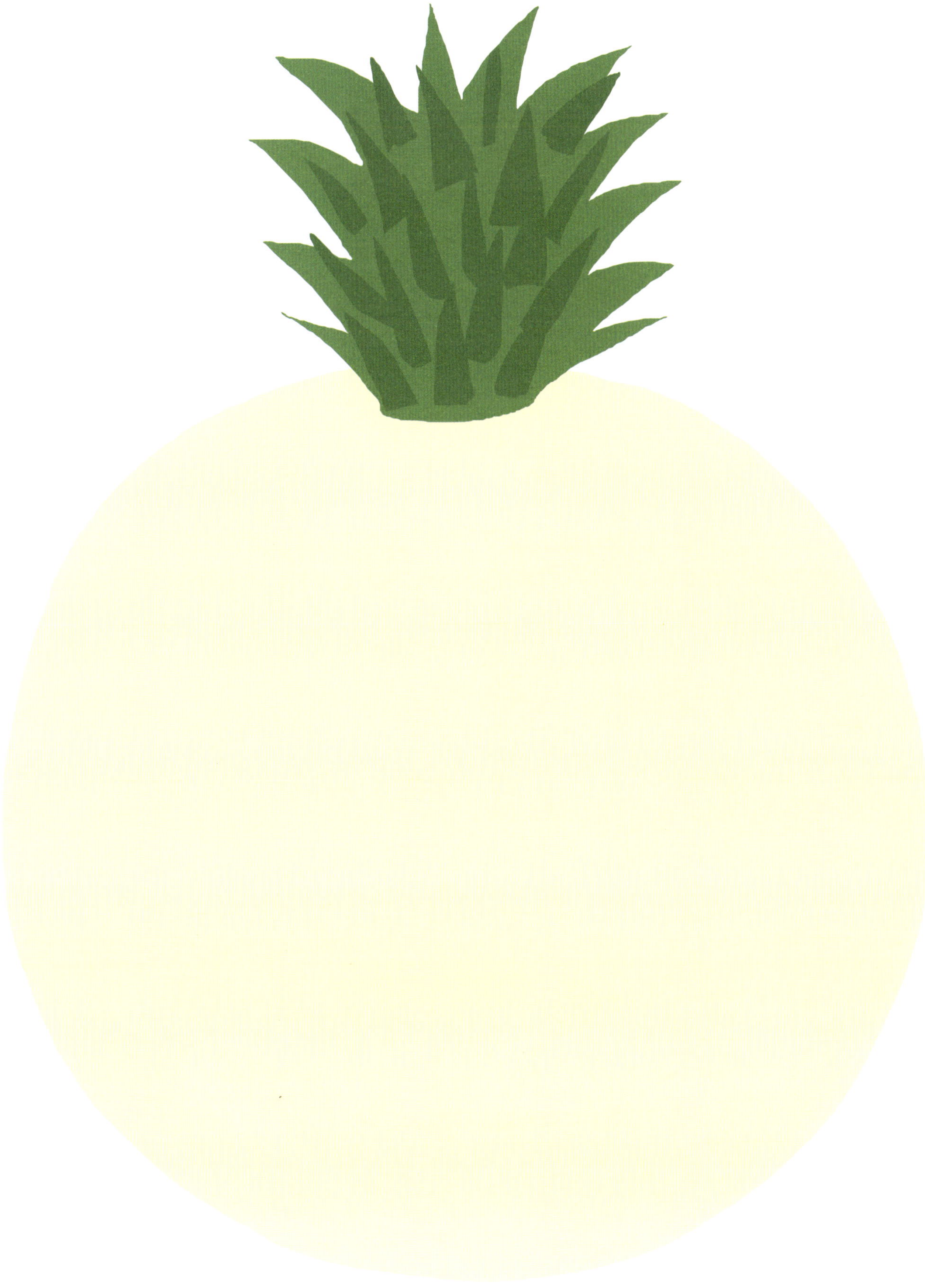

ncuentran al final del cuaderno.

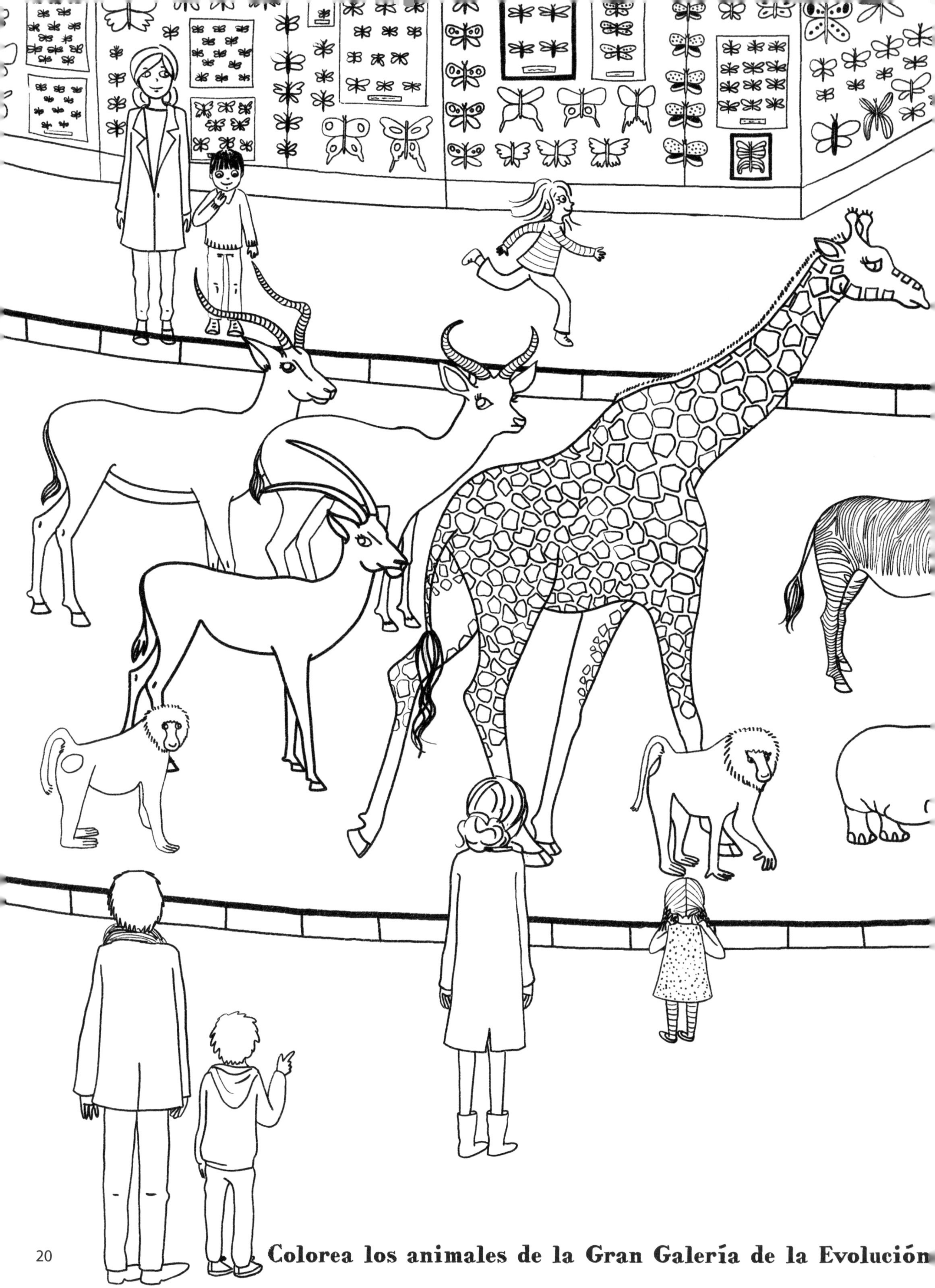

Colorea los animales de la Gran Galería de la Evolución

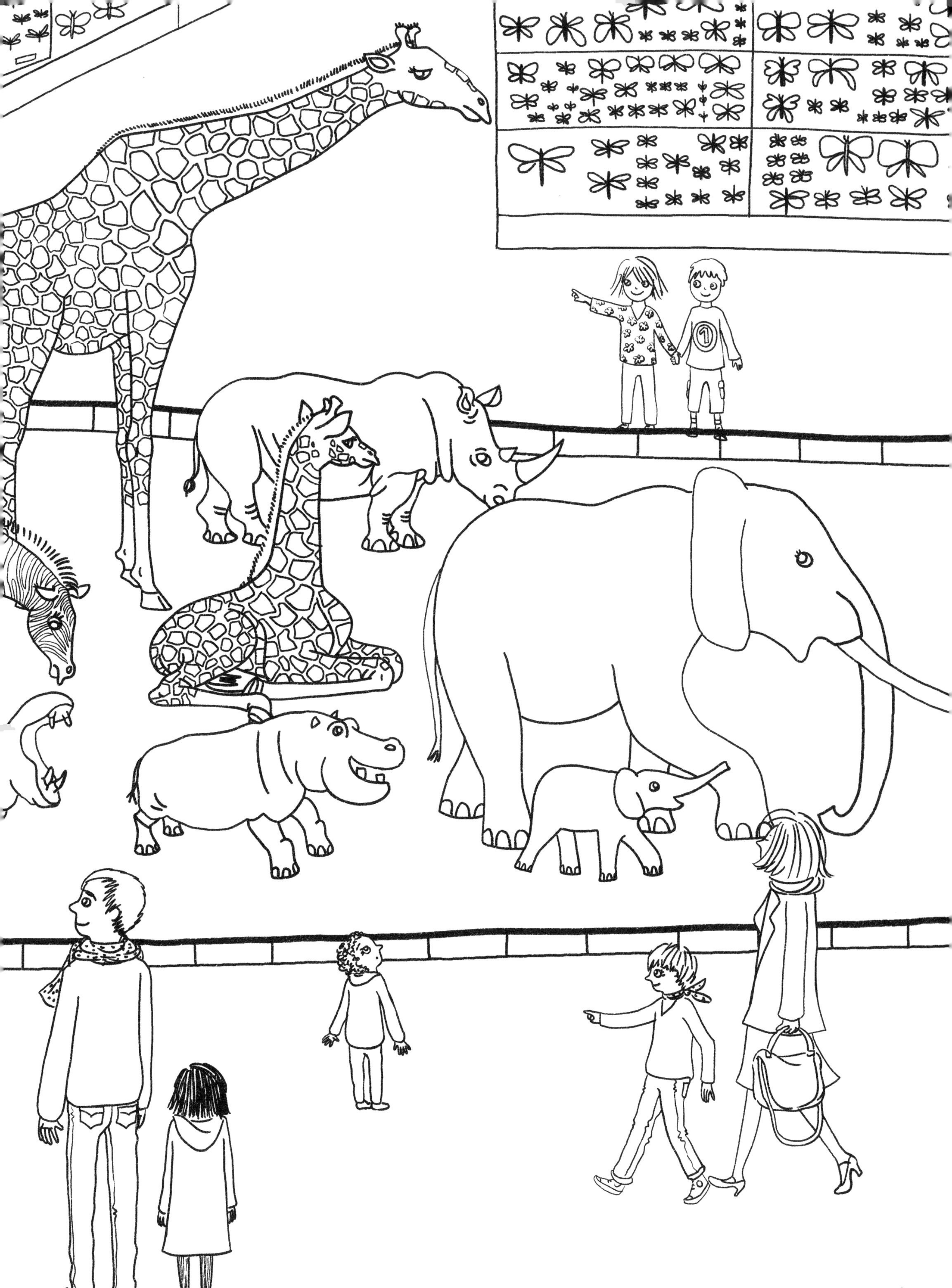

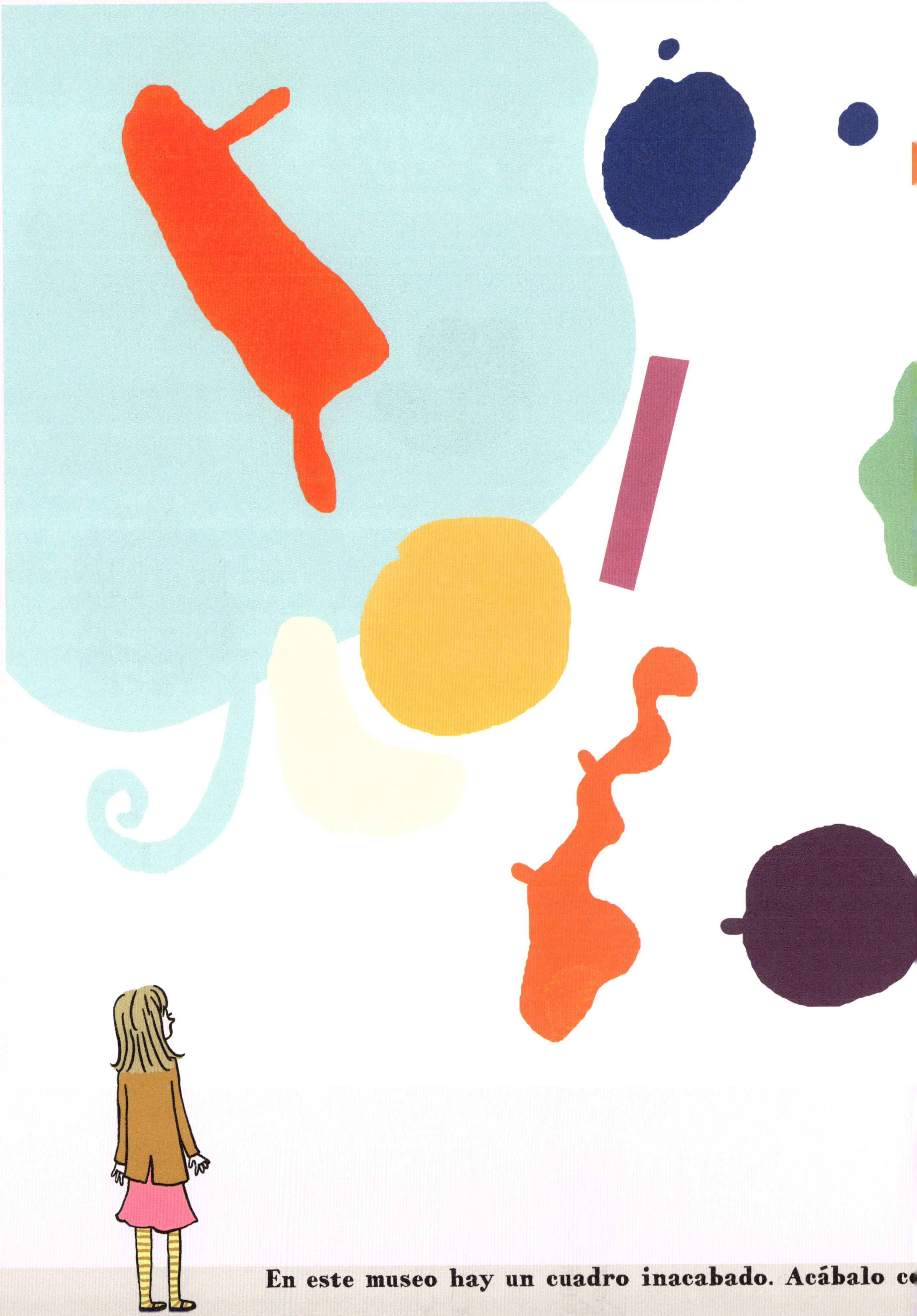

En este museo hay un cuadro inacabado. Acábalo c

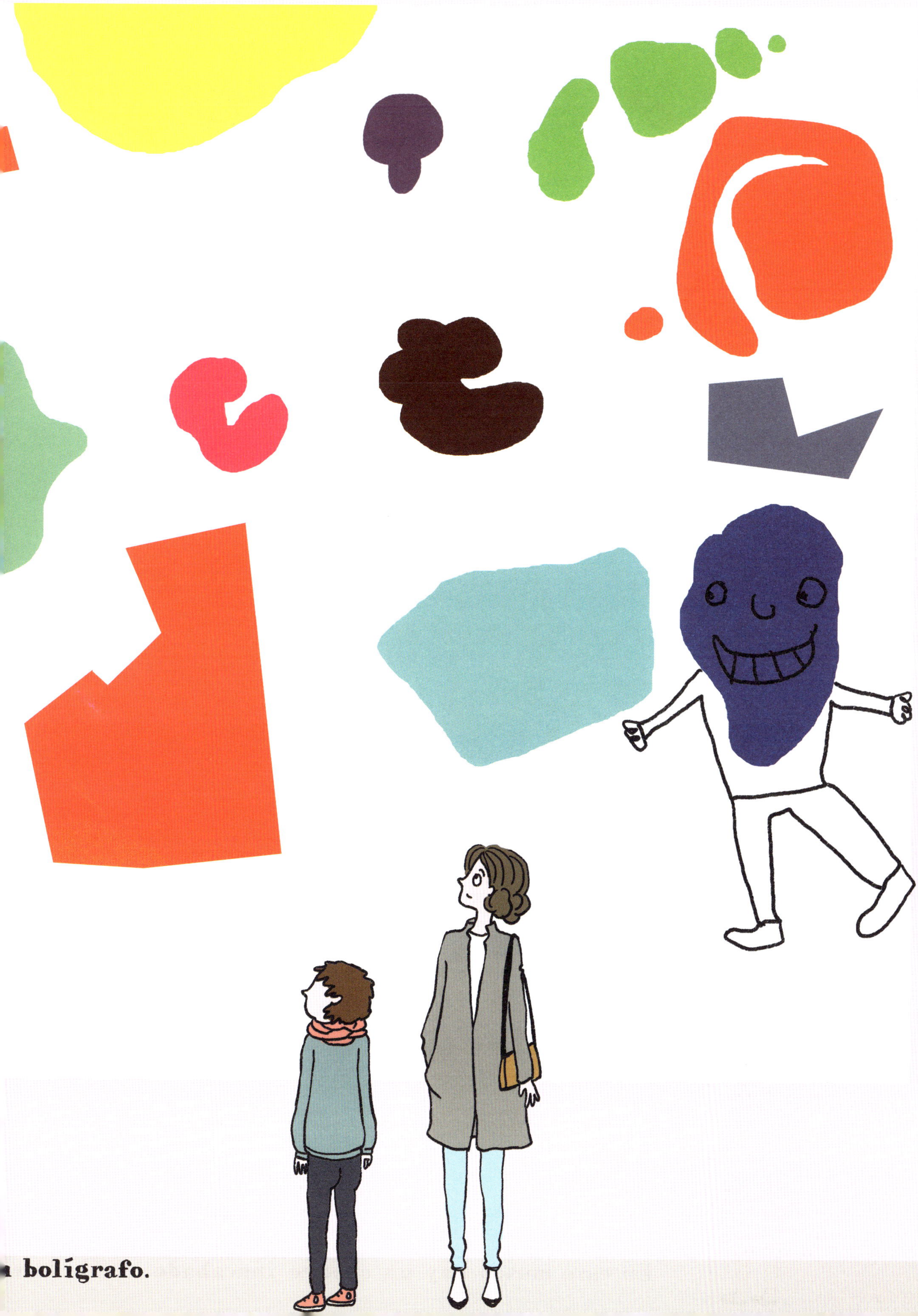

a bolígrafo.

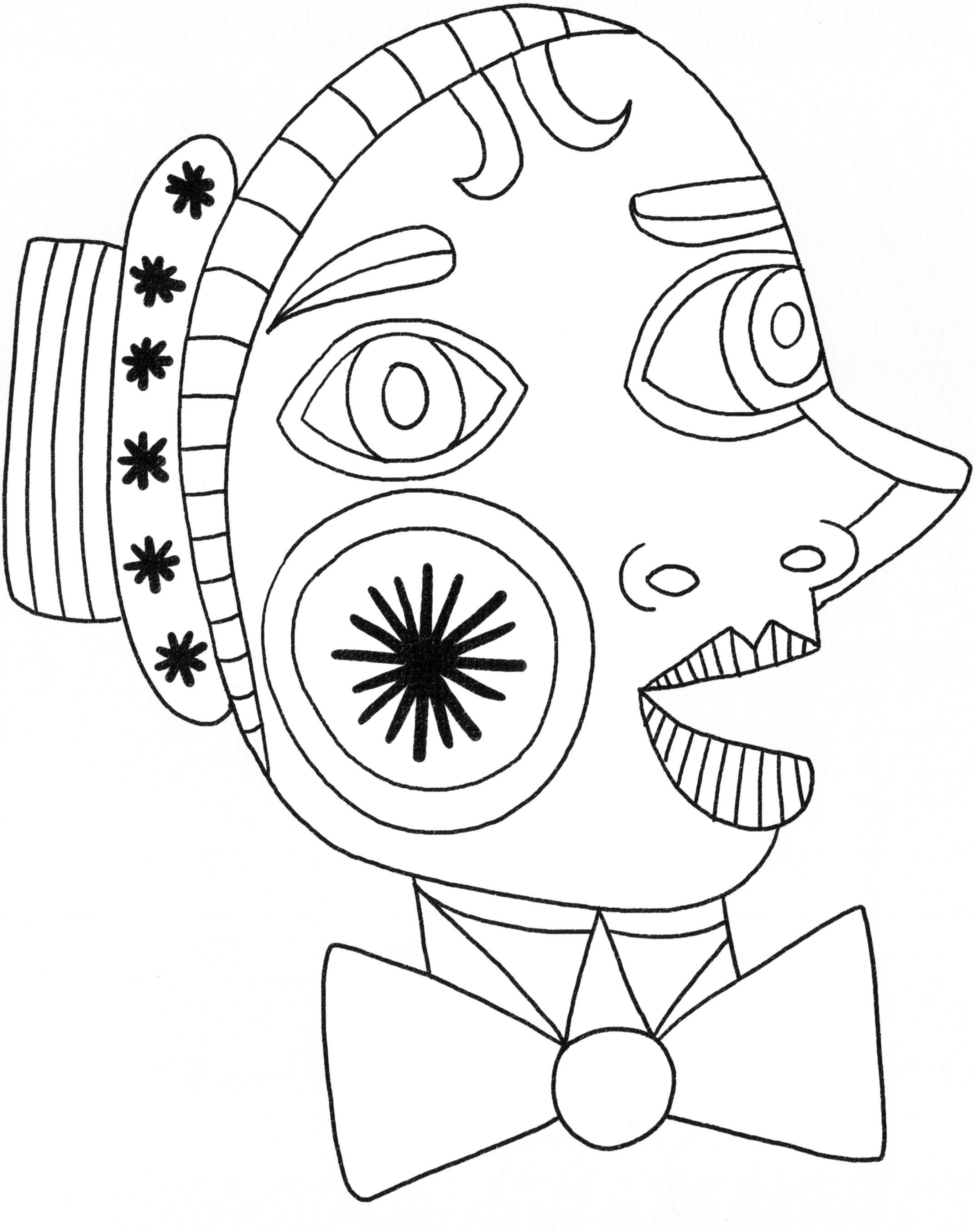

El señor Cubista ha perdido sus colores, y la señora Cubista s

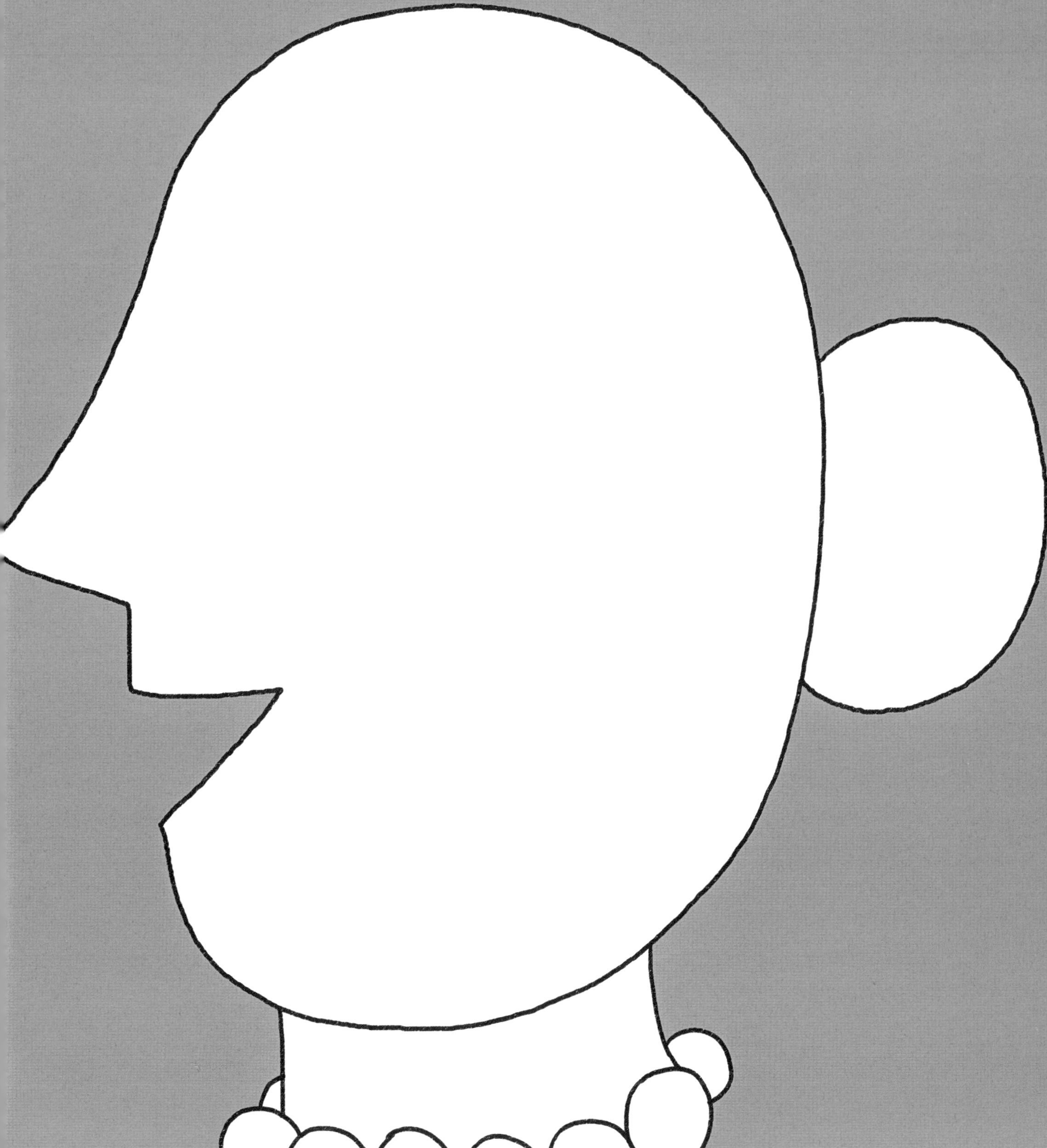

razos y colores. Dibújalos y píntalos.

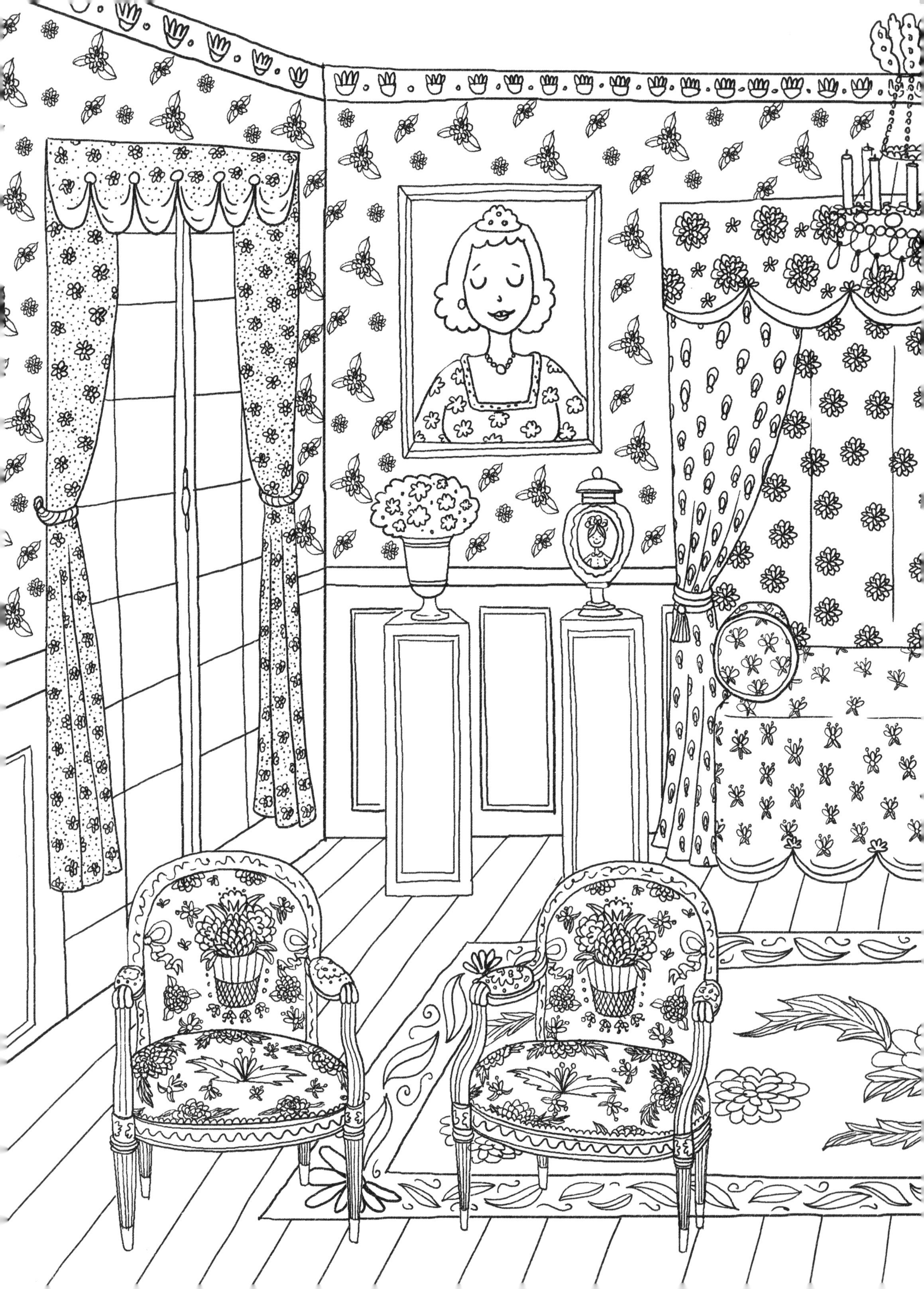

Decora la habitación de la reina con colores.

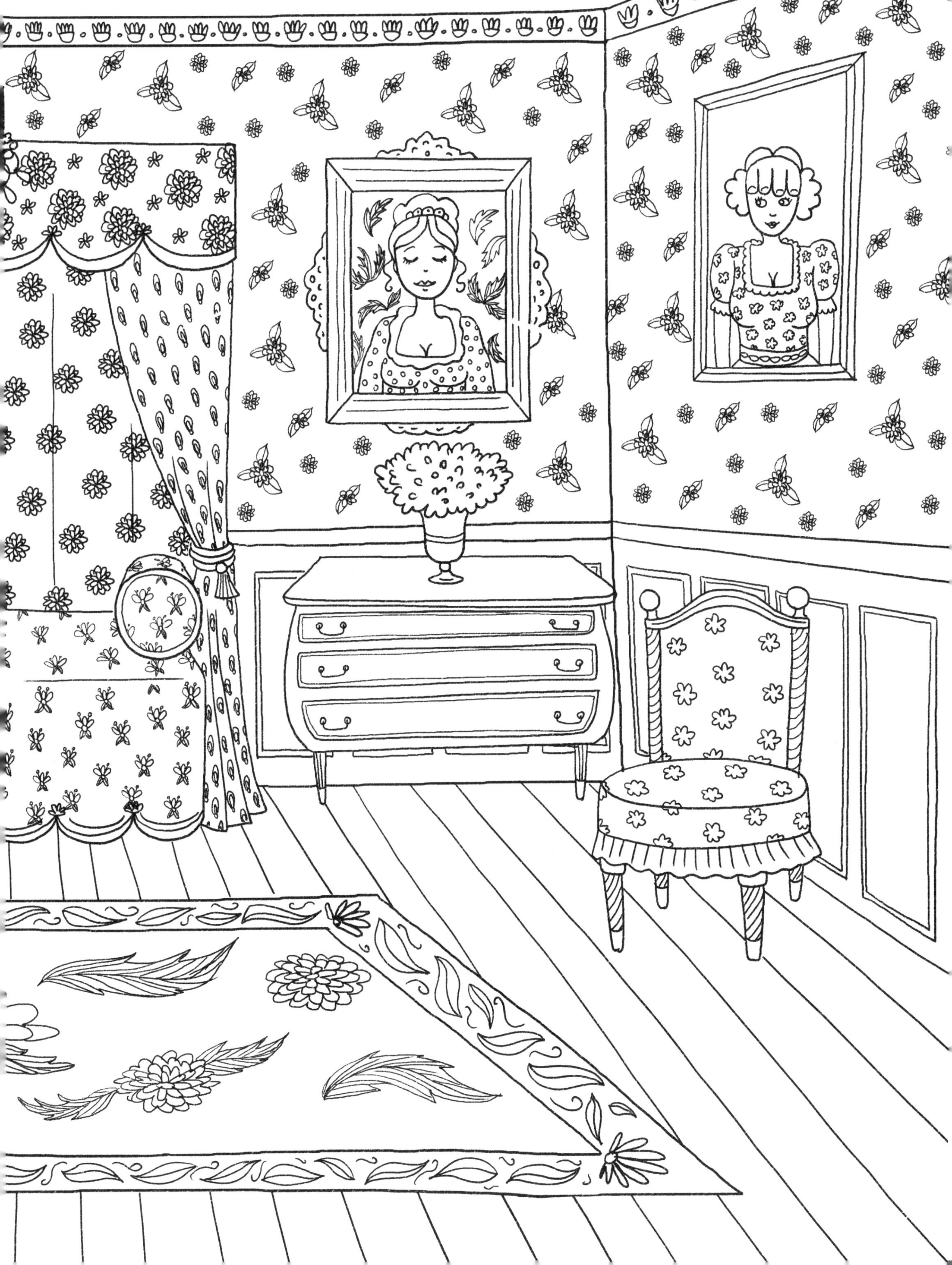

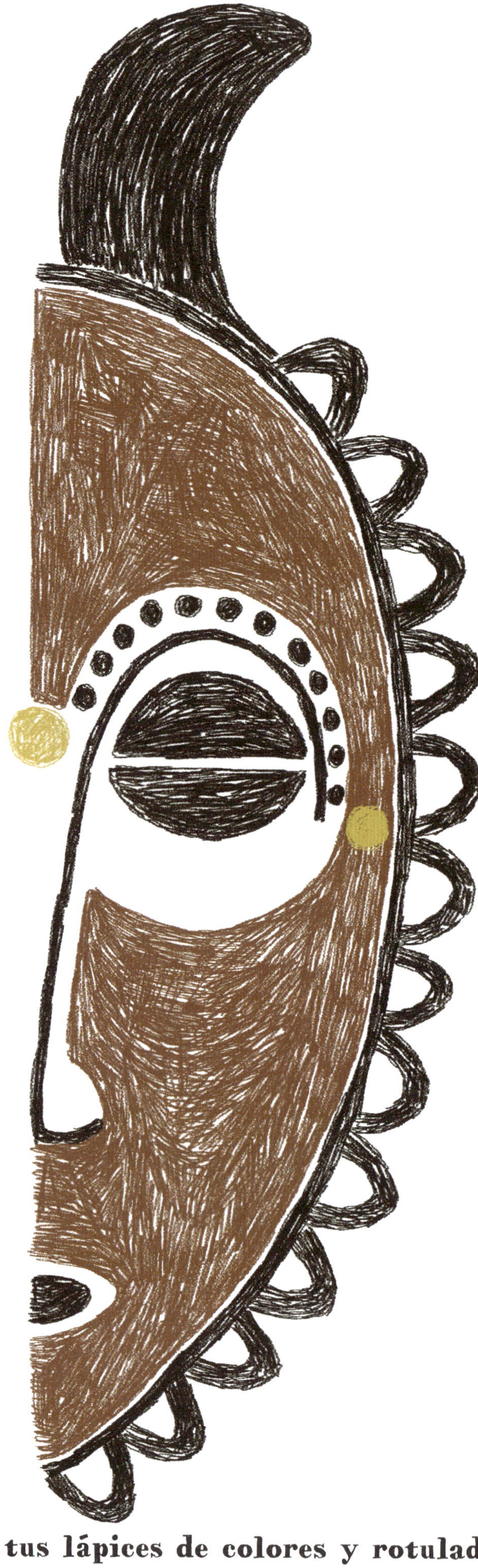

 Completa estas máscaras con tus lápices de colores y rotuladores.

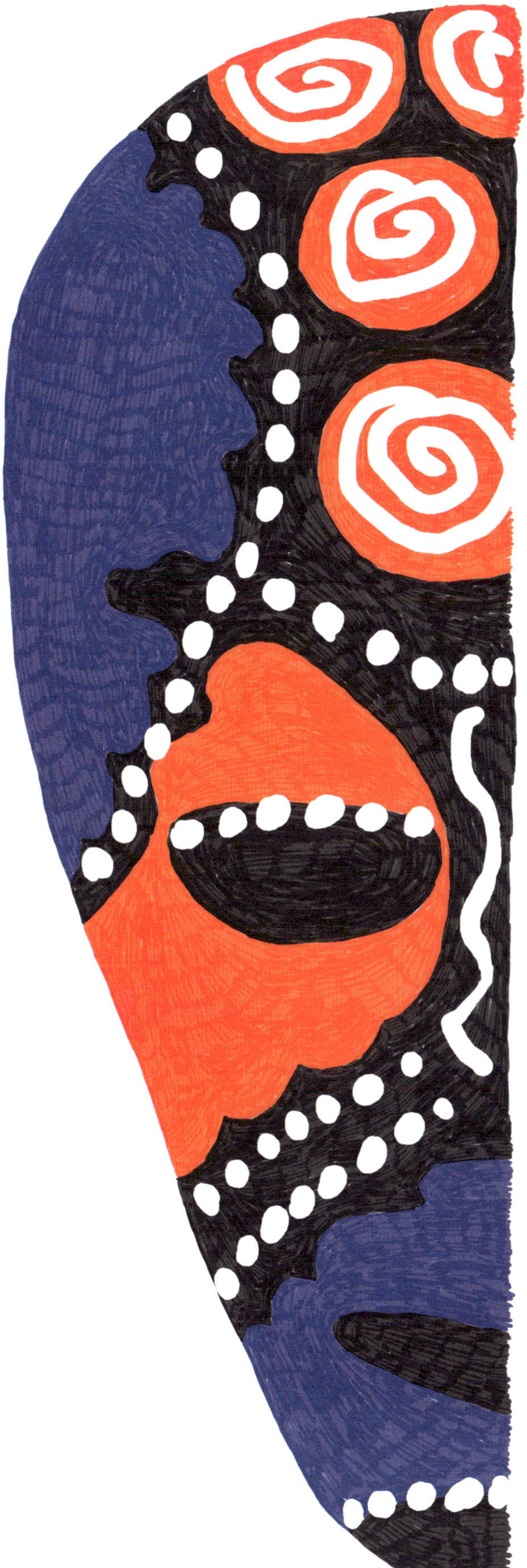

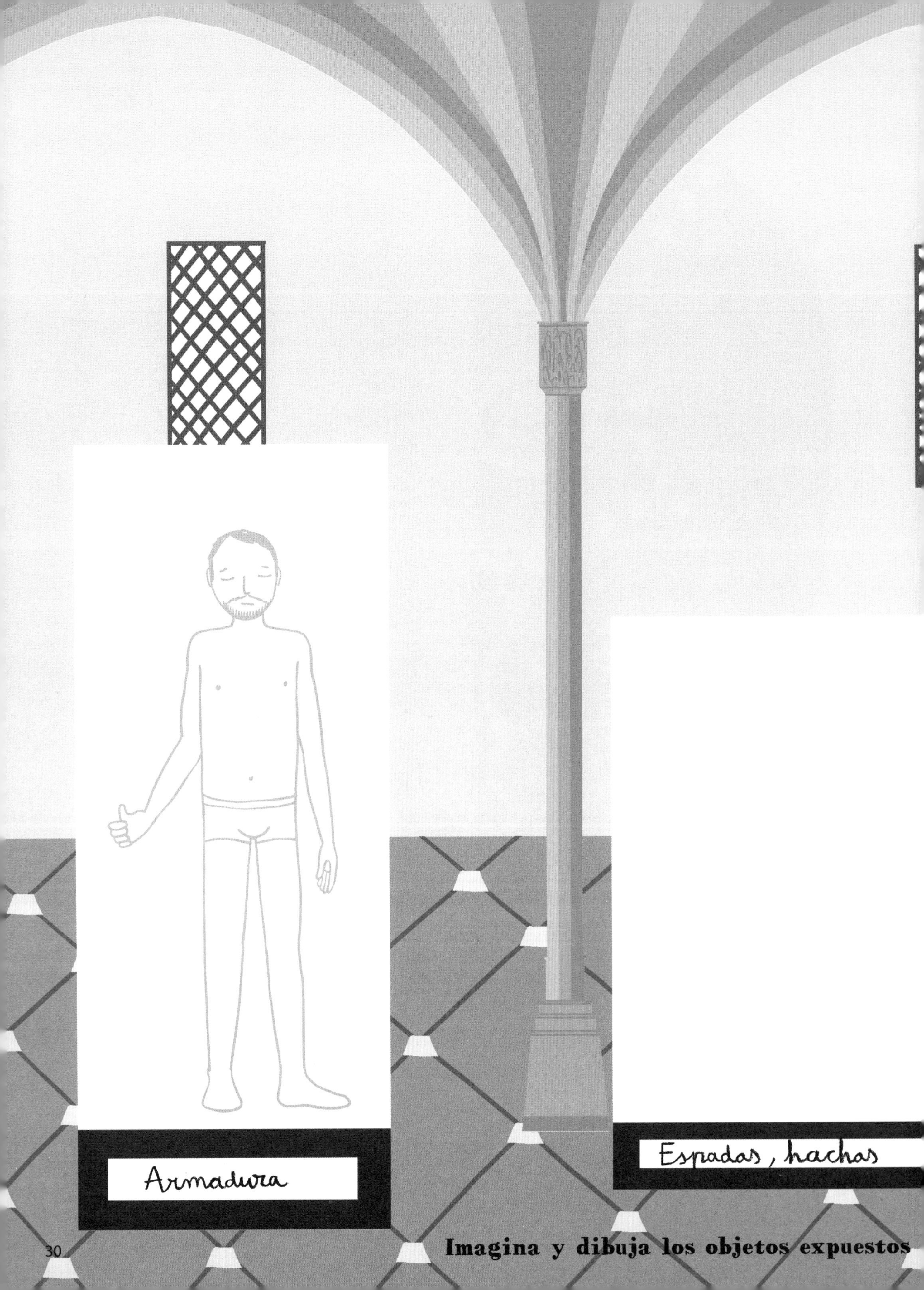

Imagina y dibuja los objetos expuestos

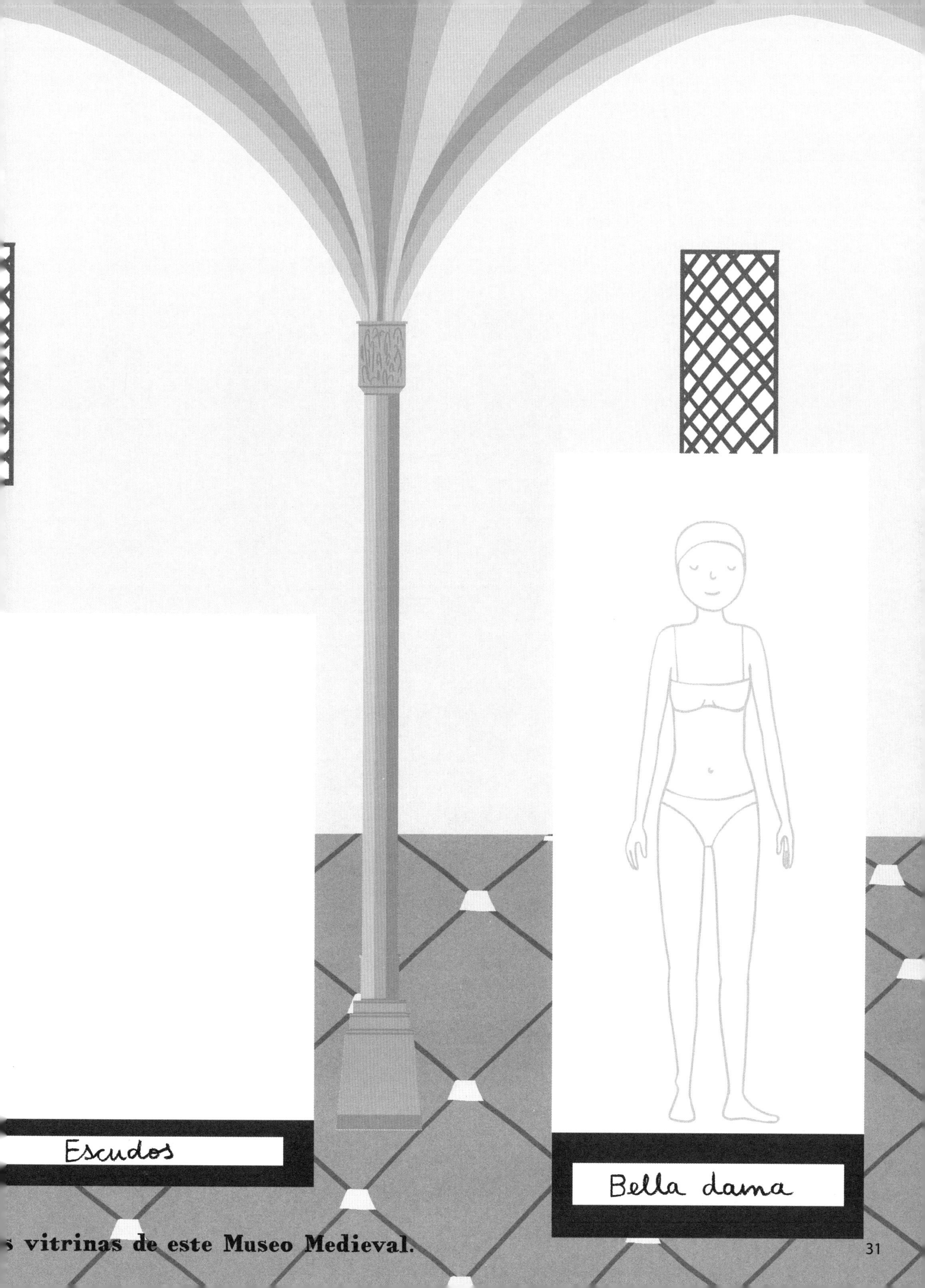

s vitrinas de este Museo Medieval.

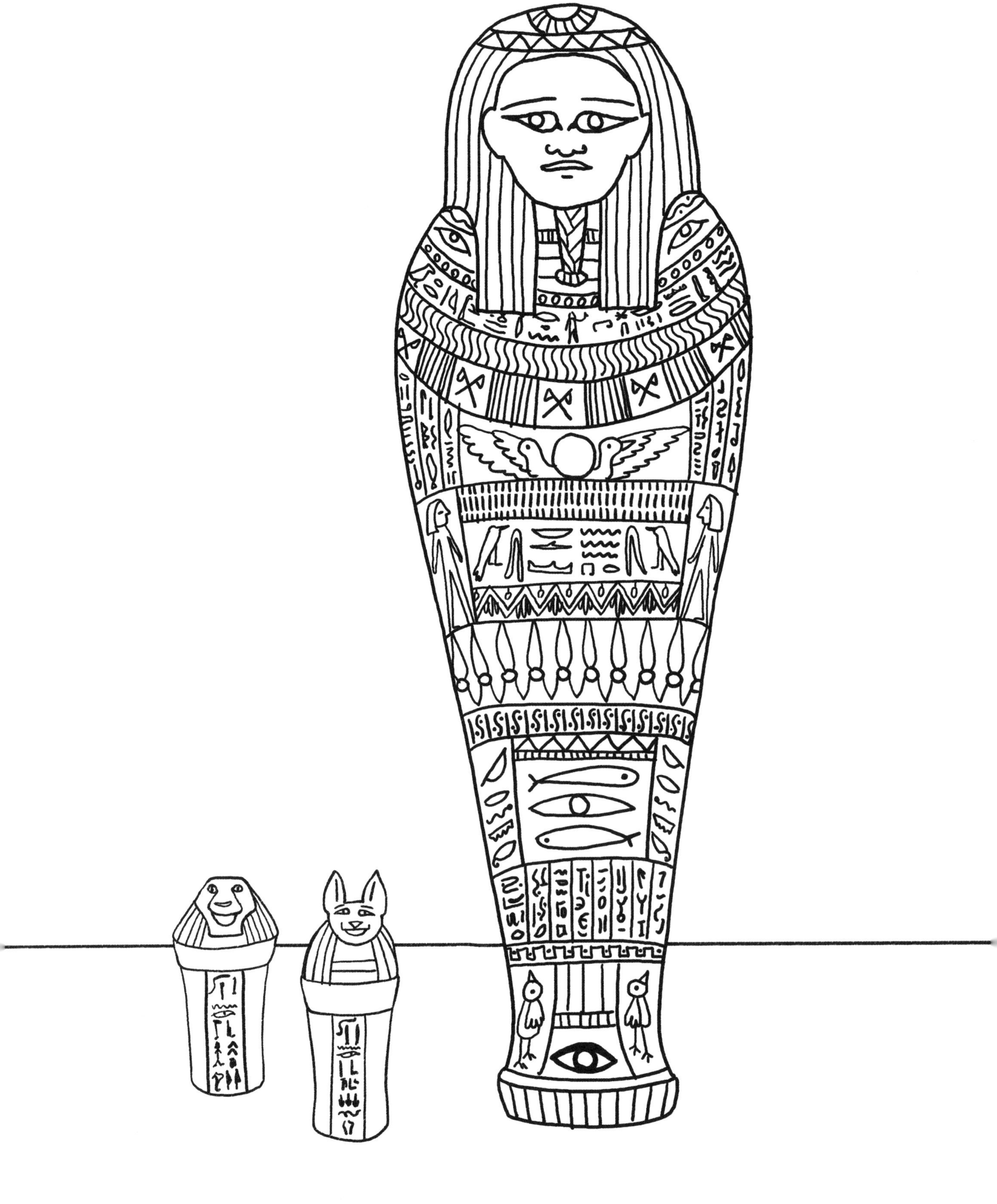

Colorea el sarcófago de la izquierda y decora el de la derecl

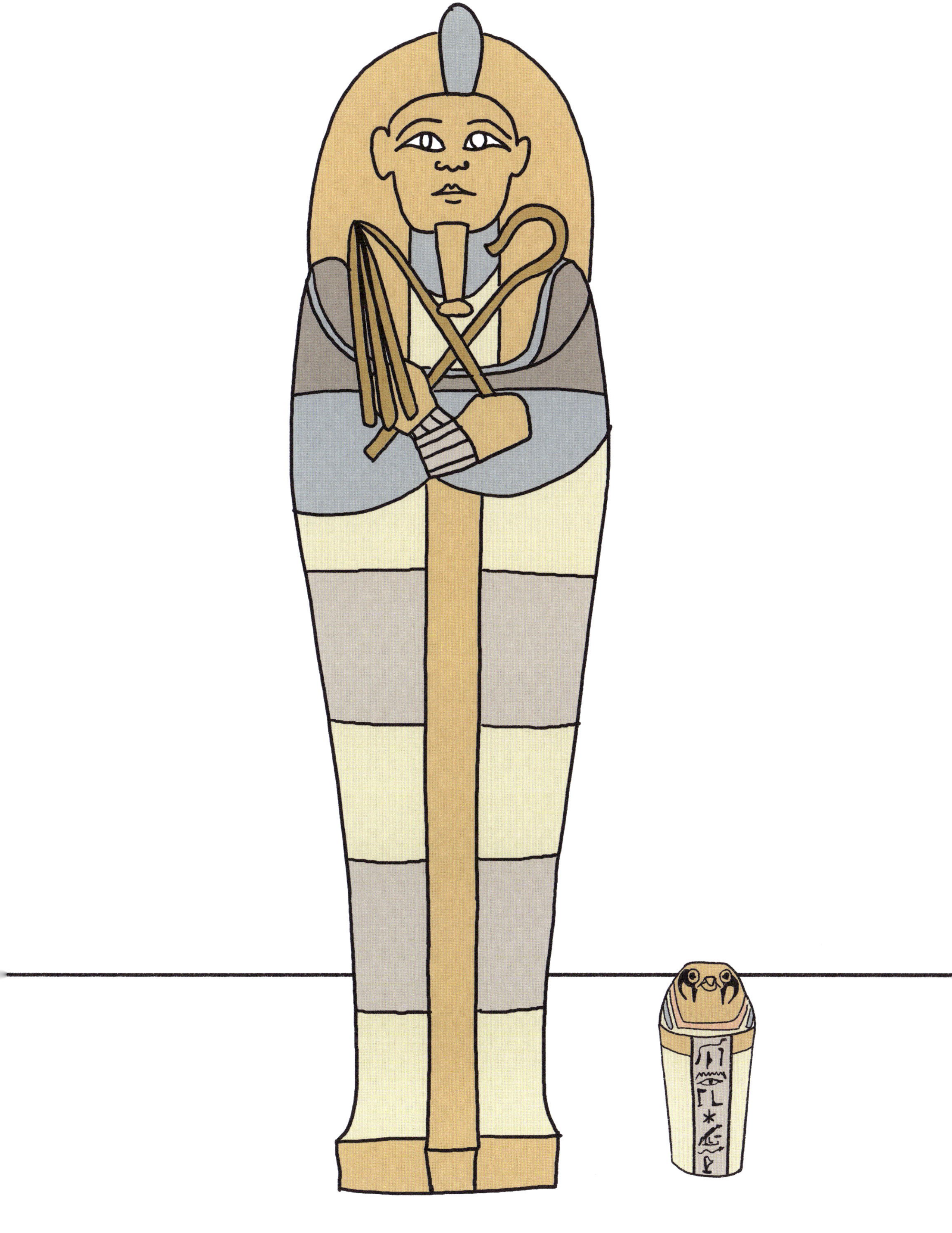

venta otros vasos canopos.

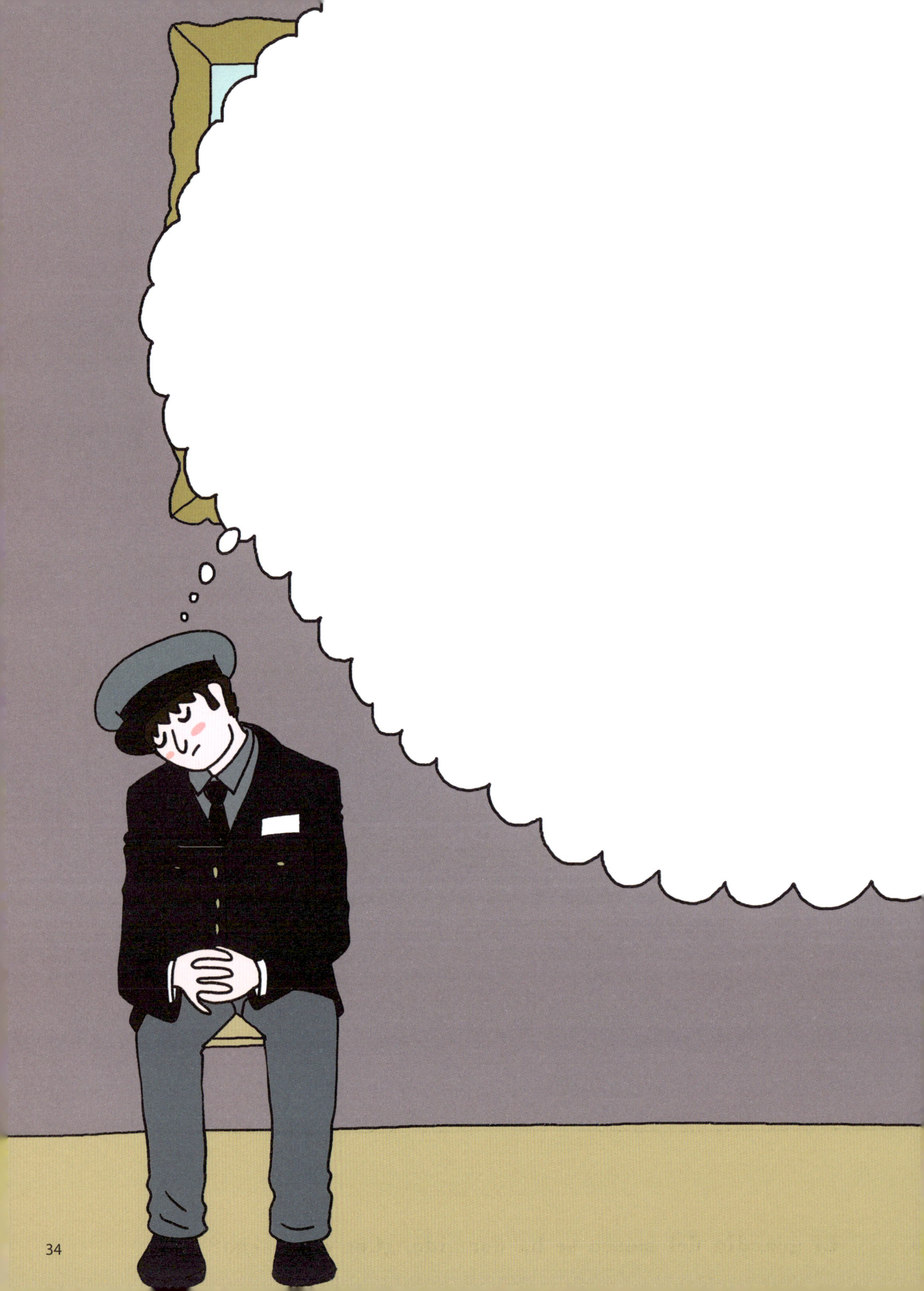

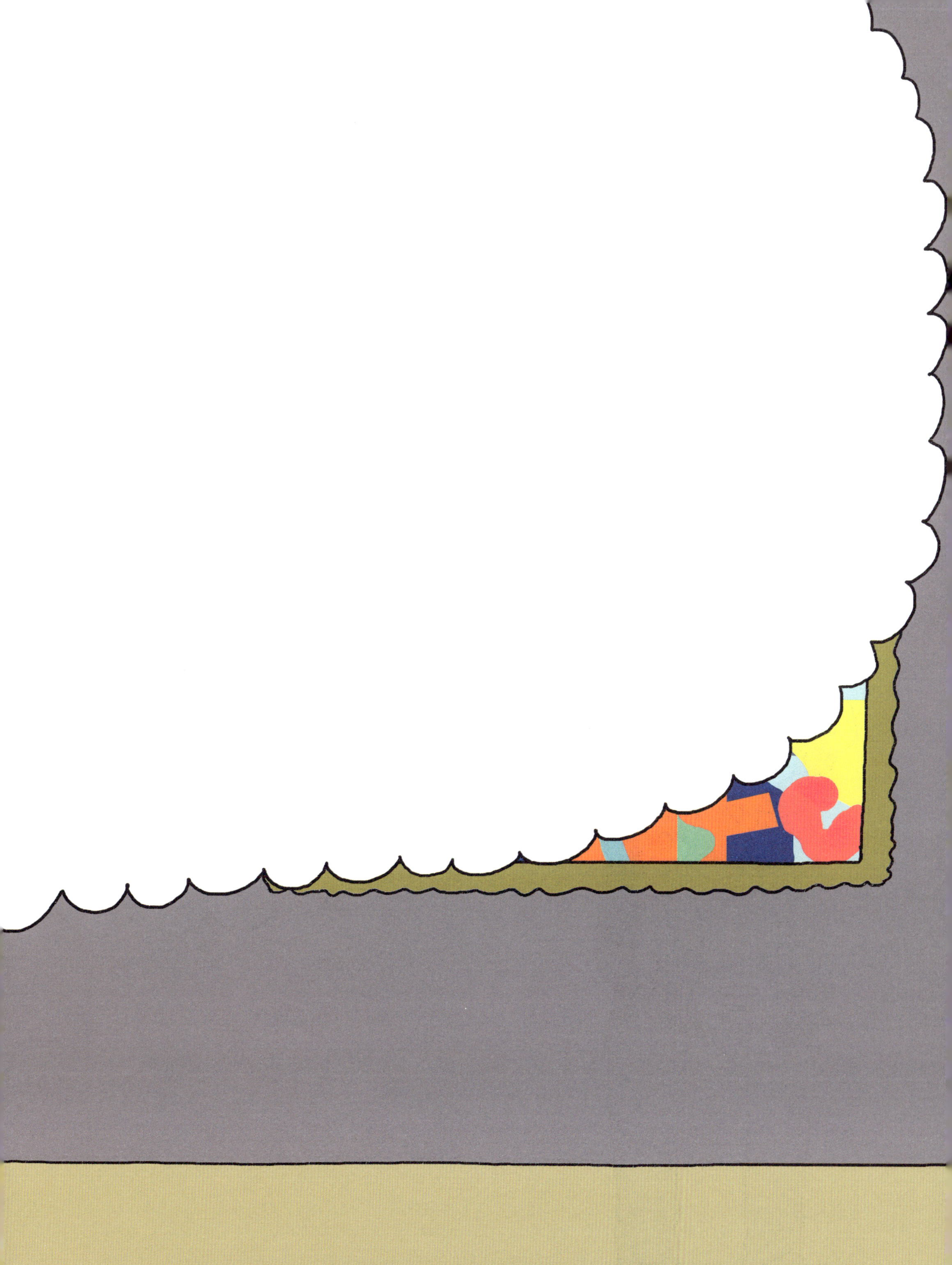

El guardia del museo se ha dormido. ¿Con qué sueña?

Completa este tapiz medieval con los grafismos.

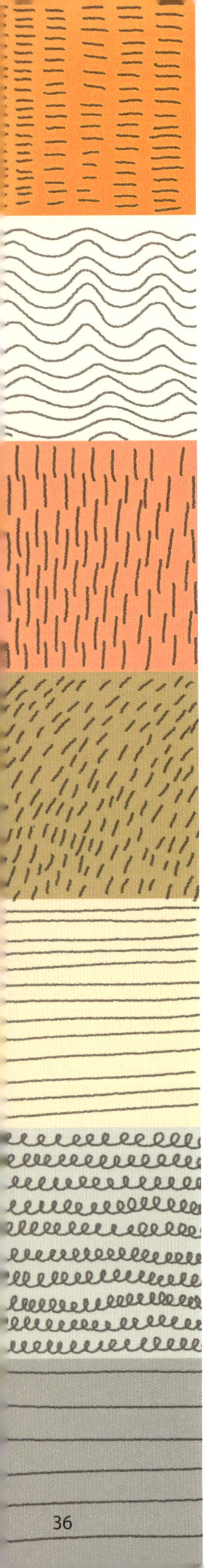

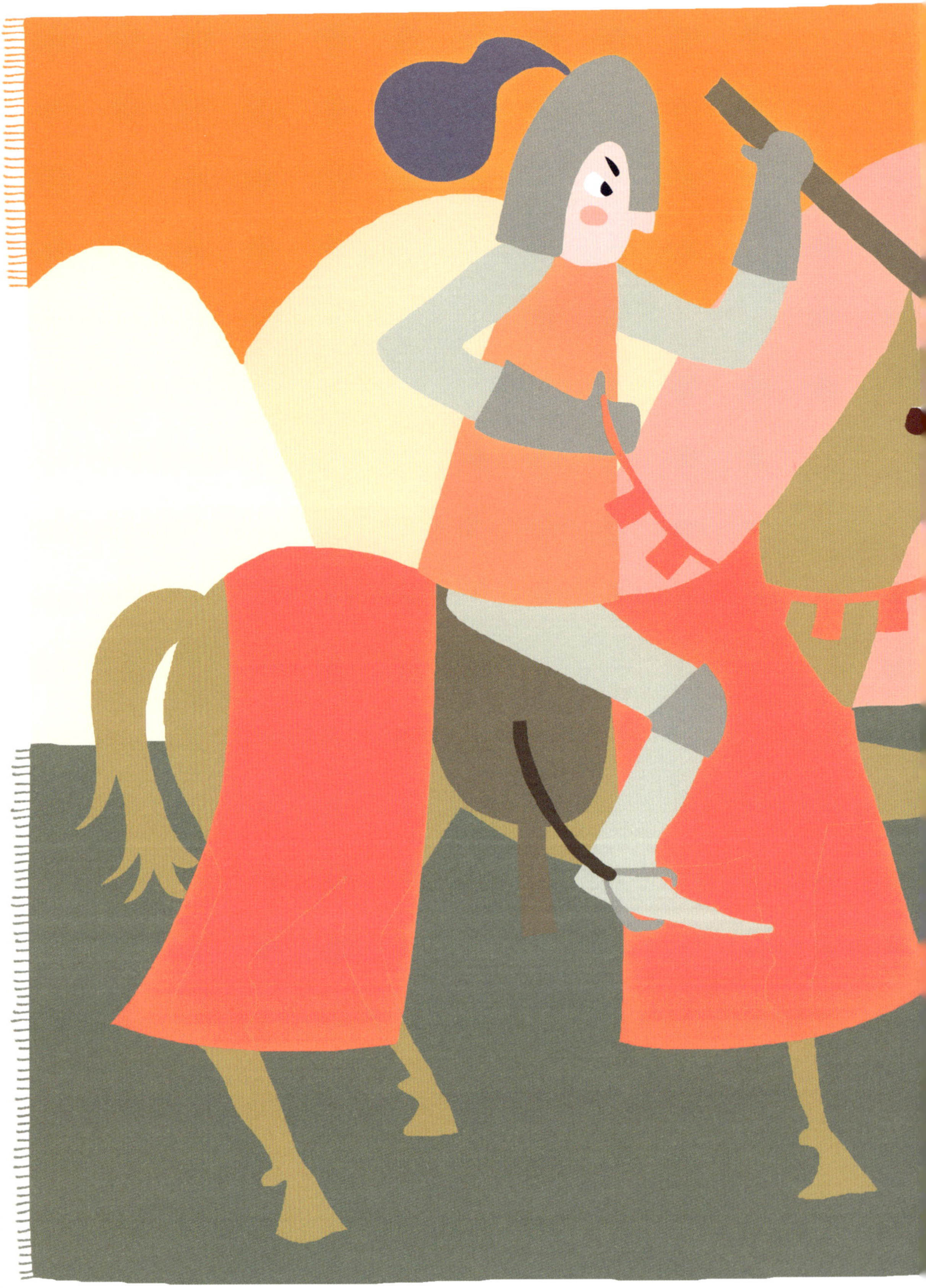

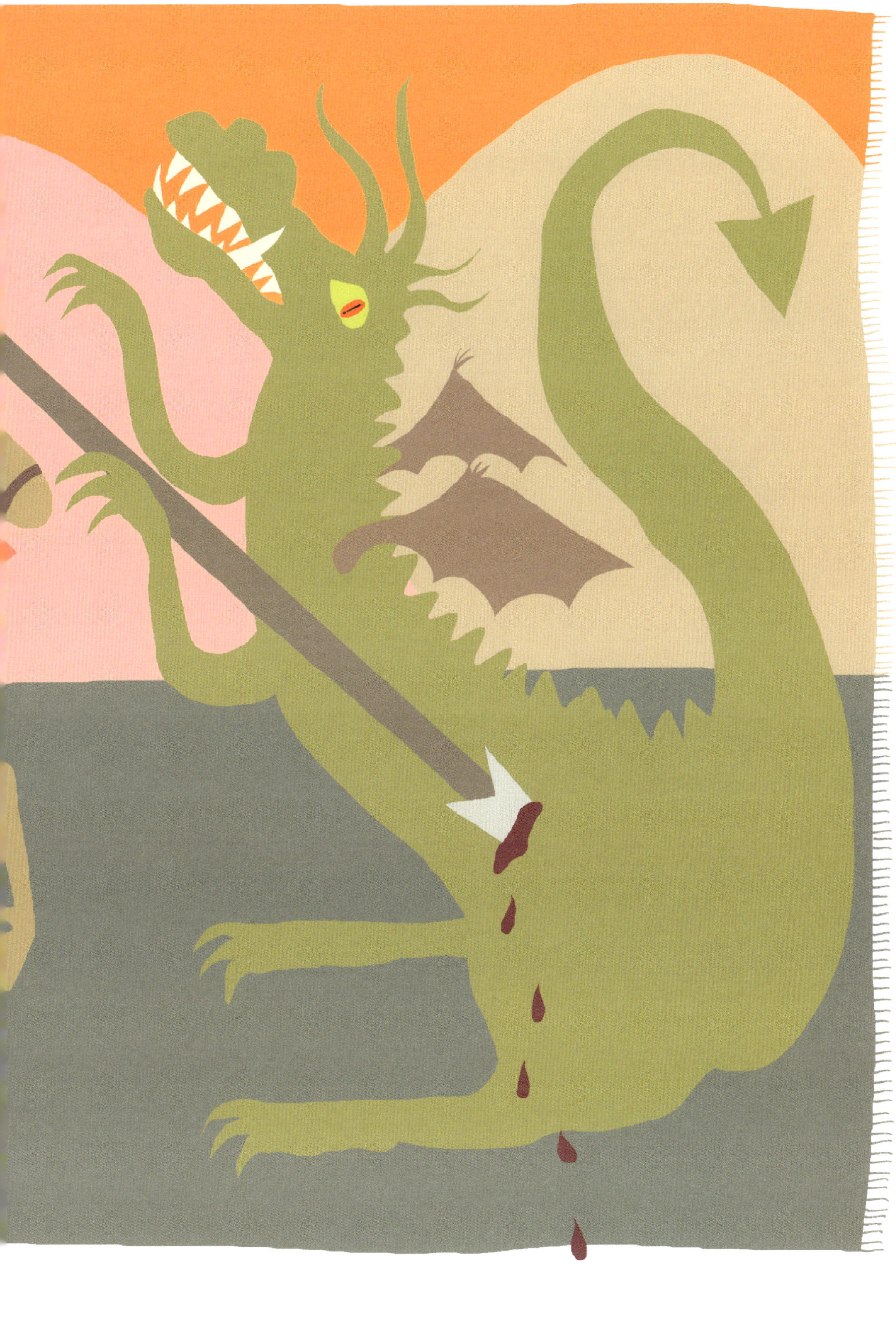

museo de Egipto

museo de los piratas

museo de las golosinas

museo de la bici

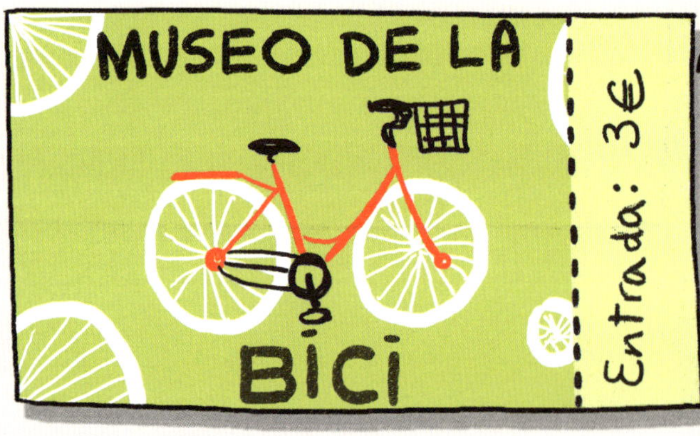

Cada museo tiene su propio boleto de entrad

museo del chocolate

museo de los juguetes

museo del Papá Noel

museo de las princesas

magina cómo serían los de estos museos.

Colorea esta escena del Museo Marítimo.

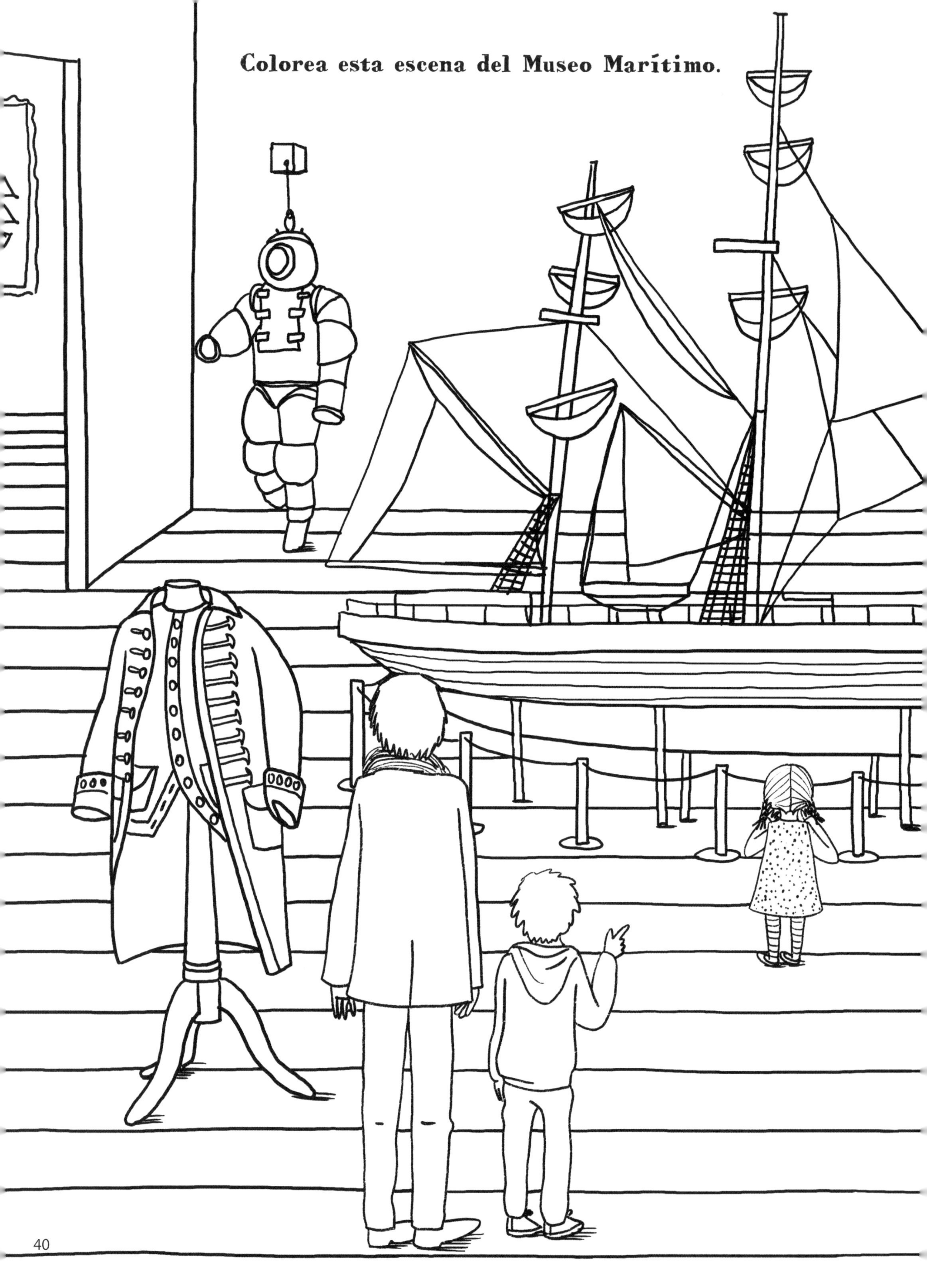

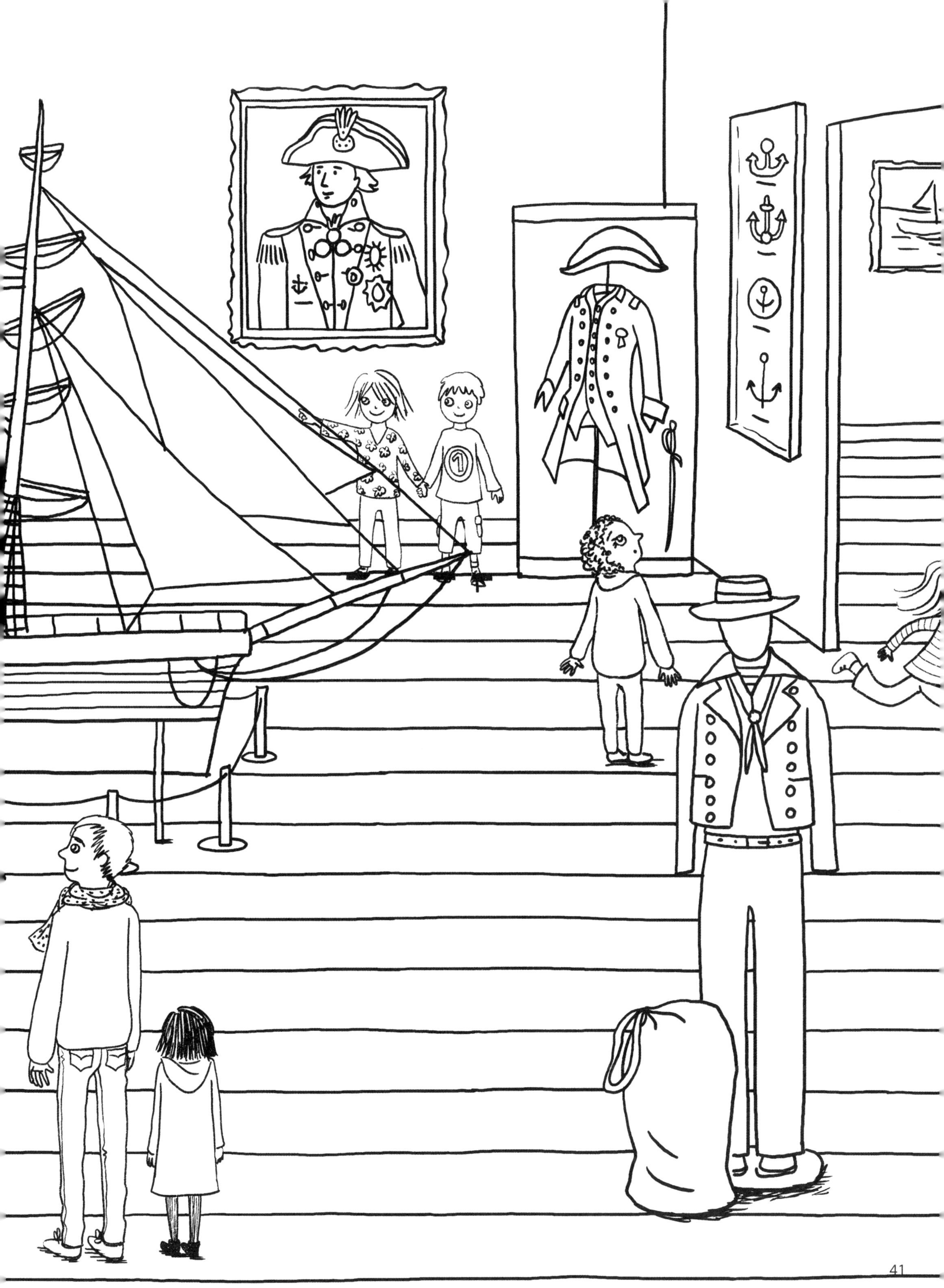

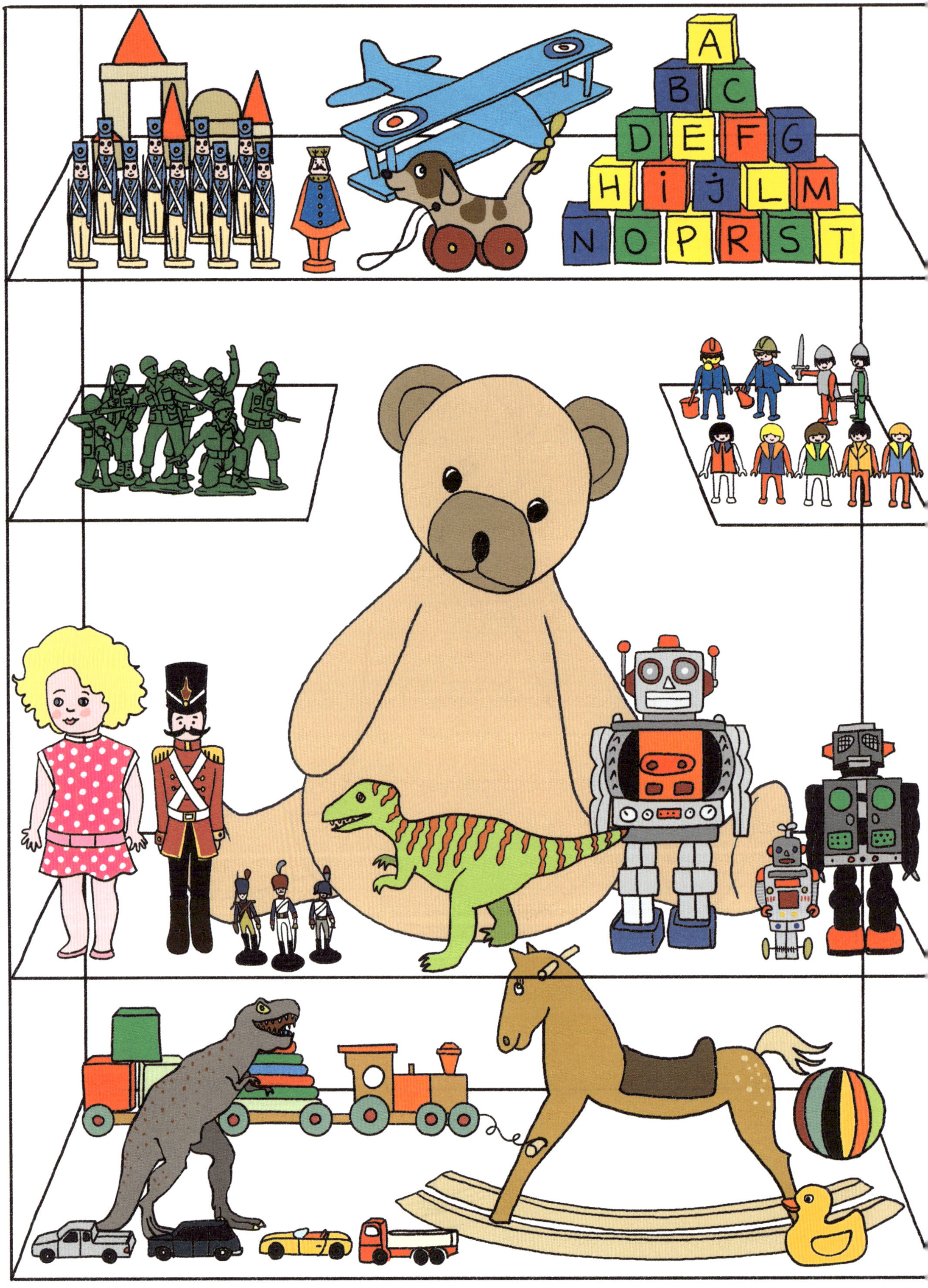

En el Museo del Juguete, las vitrinas están ordenada

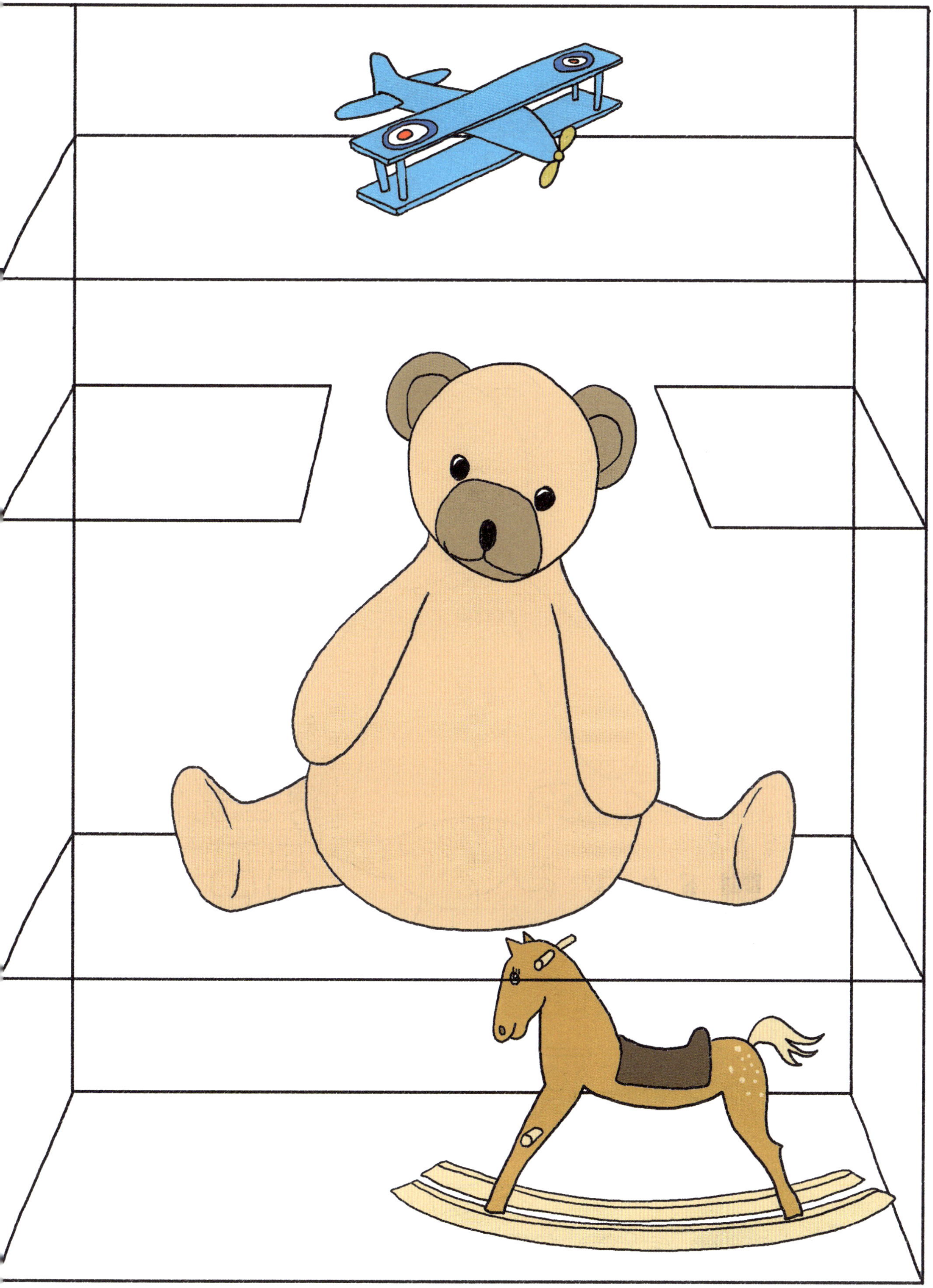

ero ¿qué hacen los juguetes por la noche? Imagínalo.

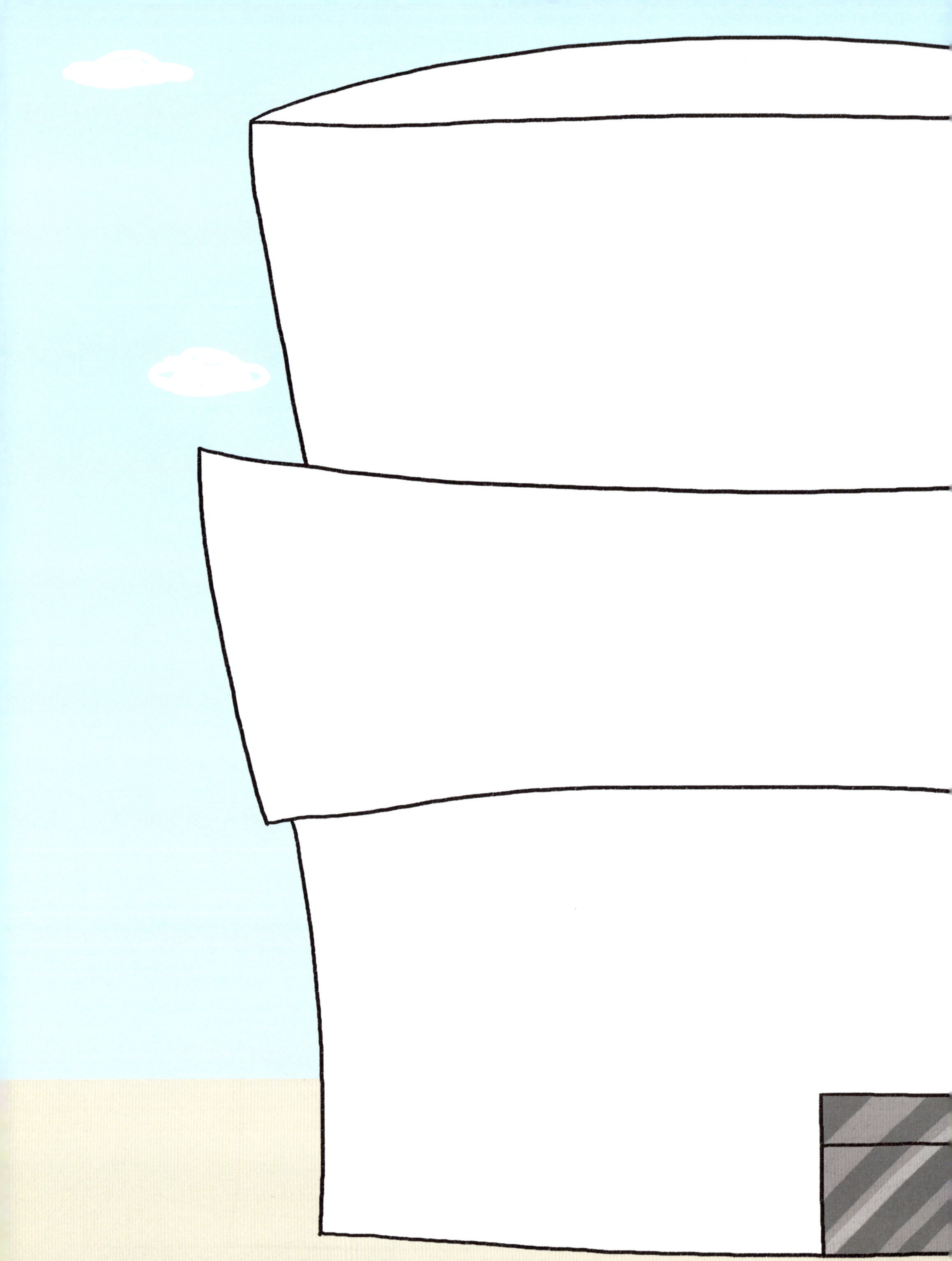

Imagina tu propio museo y todo lo que pondrías dentro.

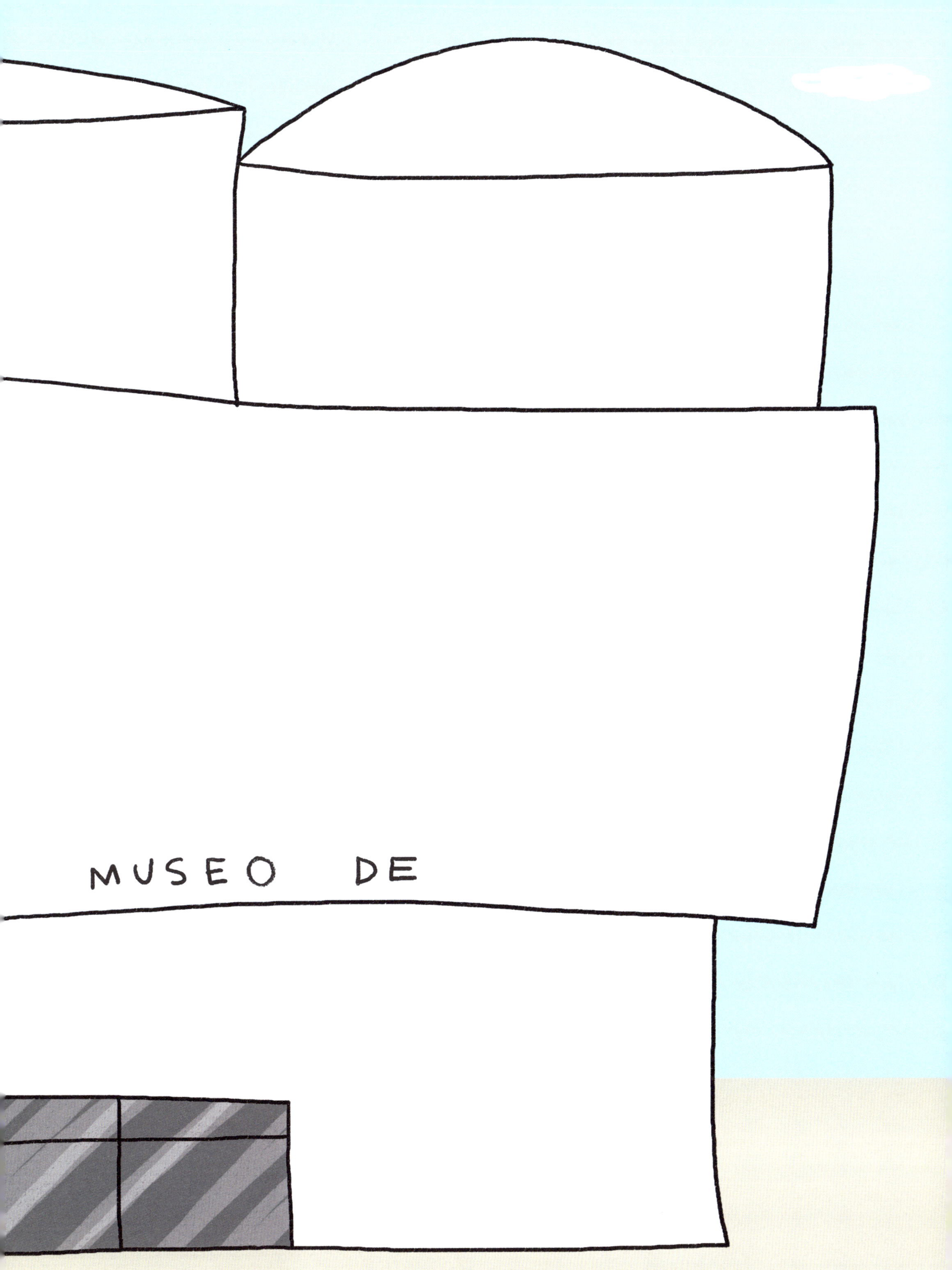
MUSEO DE

¡Todos en el museo! Haz los retratos de tu familia.

Haz tu retrato de artista:

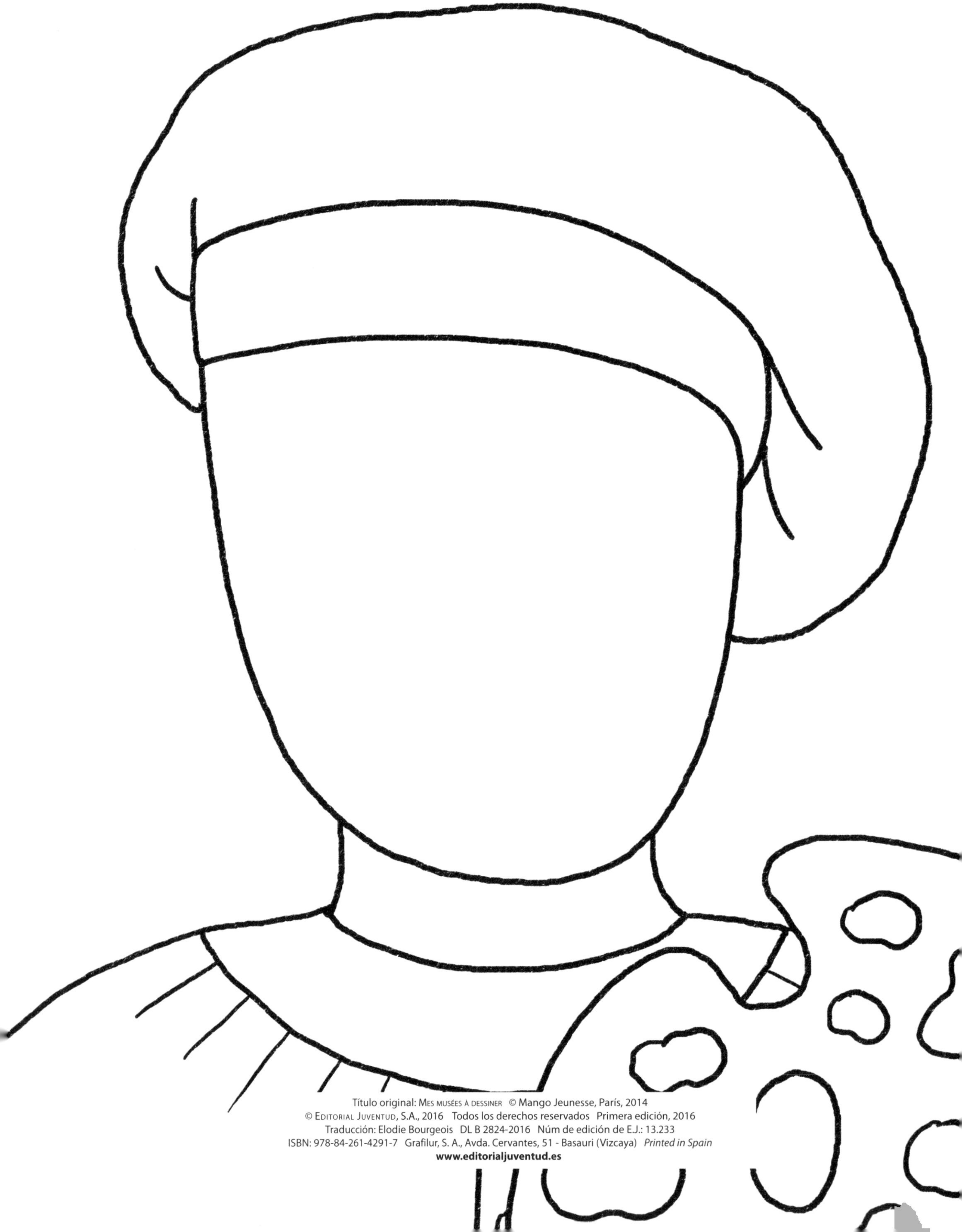

Título original: Mes musées à dessiner © Mango Jeunesse, París, 2014

Primera edición, 2016
Traducción: Elodie Bourgeois DL B 2824-2016 Núm de edición de E.J.: 13.233
ISBN: 978-84-261-4291-7 Grafilur, S. A., Avda. Cervantes, 51 - Basauri (Vizcaya) *Printed in Spain*
www.editorialjuventud.es

Actividad págs. 18-19

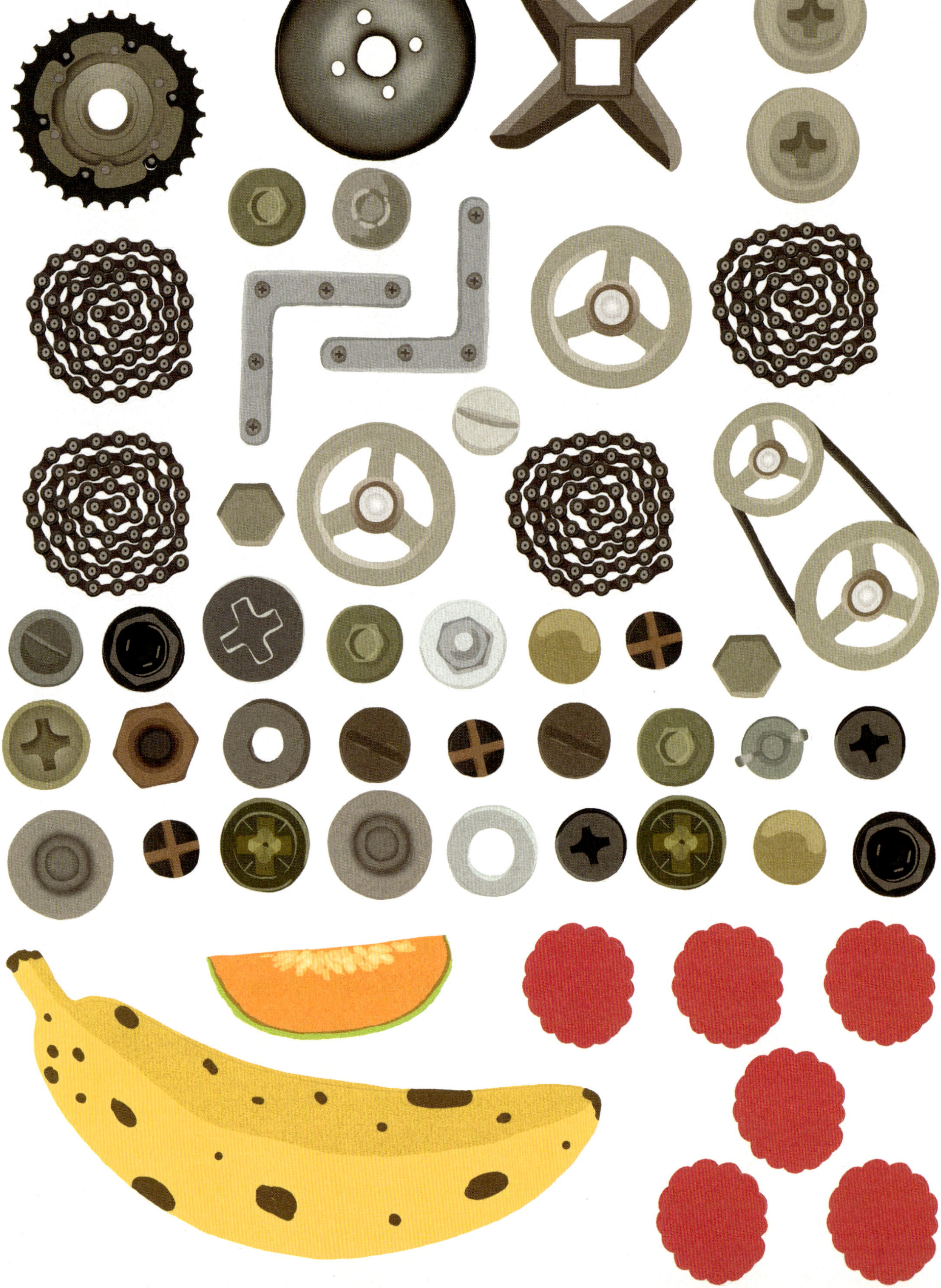

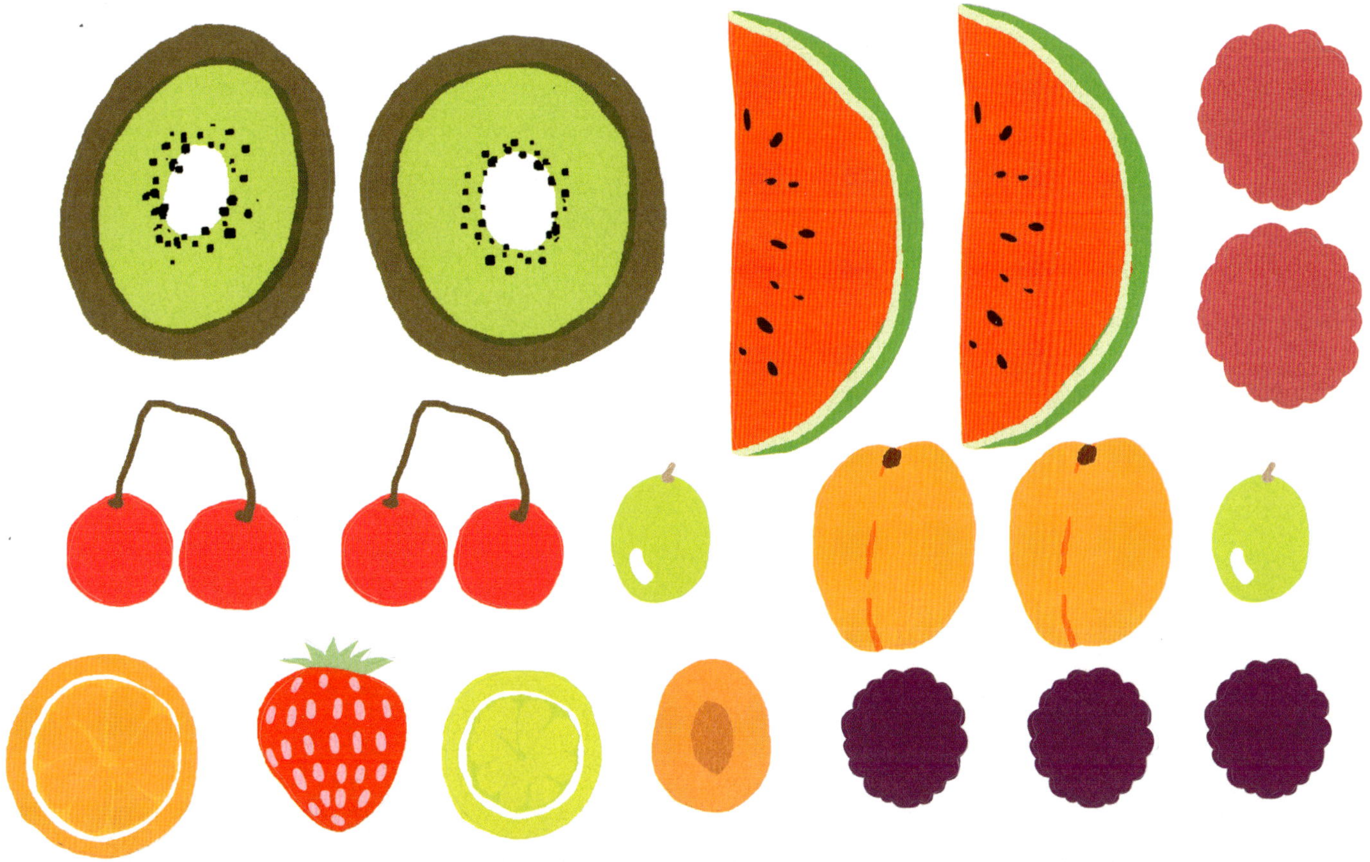

Actividad págs. 10-11

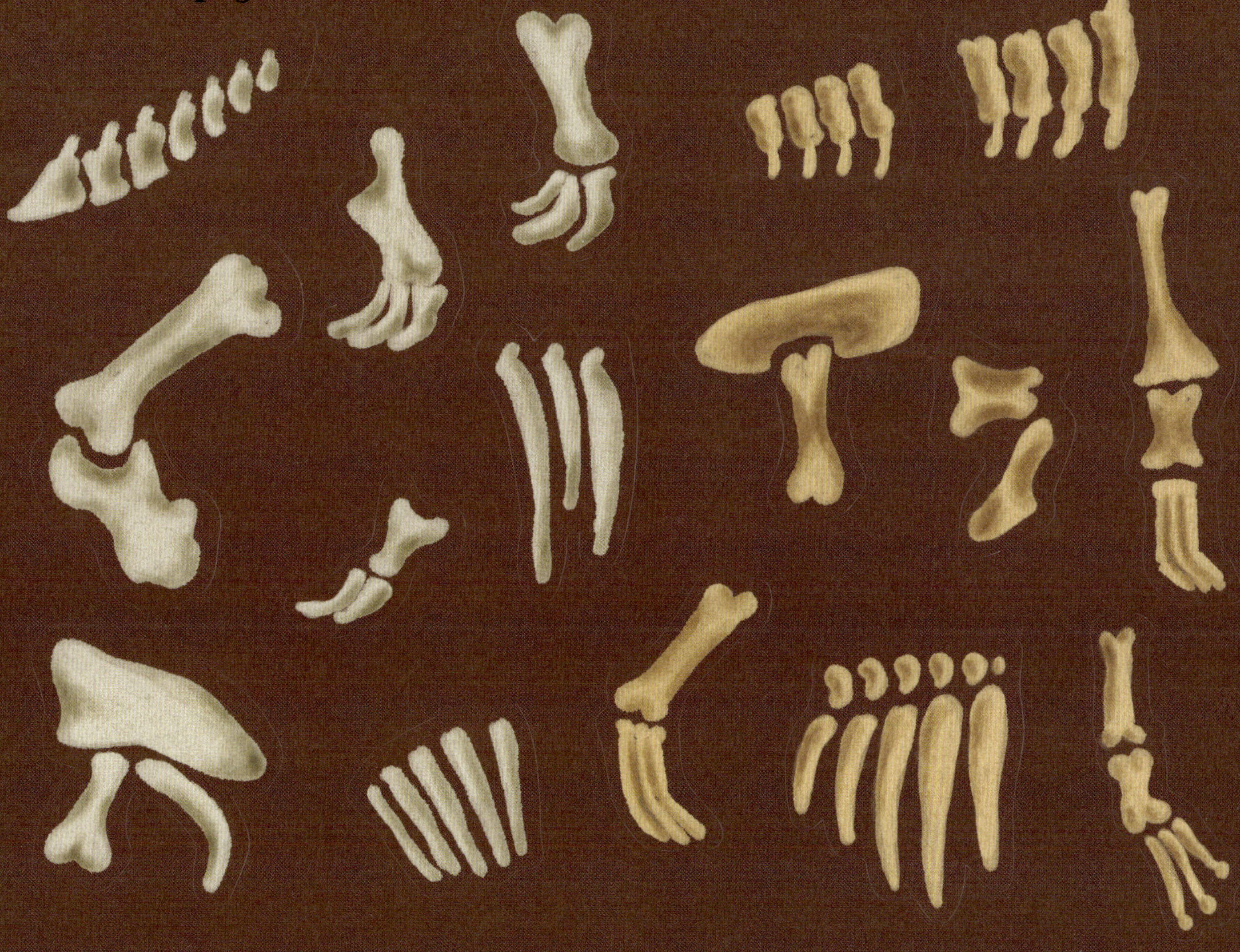